3
マイナススキル持ち
Synergy effect of【Minus Skill】4
四人が集まったら、なんかシナジー発揮して
最強パーティーができた件
小鈴危一
Kiichi Kosuzu
Ill しらび
Shirabii

Characters 『暁』
Akatsuki

ココル

職業：**神官**
マイナススキル：
【首級の簒奪者】

回復魔法から能力アップ効果
のある補助魔法まで
幅広く使用できる心優しき少女。

アルヴィン Leader

職業：**剣士**
マイナススキル：
【ドロップ率減少・特】

恵まれた体格と剣士職に有利な
スキルの数々に加え、
豊富な知識と経験で冒険者として
活動する真面目な青年。

テト

職業：**盗賊**
マイナススキル：
【ミイラ盗り】

天性の勘の良さと器用さ、
盗賊職に有利なスキルの数々で
冒険者として活動する自由な少女。

メリナ

職業：**魔導士**
マイナススキル：
【嫉妬神の加護】

魔導士が覚えられる呪文は
すべて暗記し、五属性の魔法を
巧みに操る秀才の少女。

『OTHER』

Yuri

ユーリ

職業：**弓手**

武器屋の店子をしている新米冒険者。
【弓術】スキルなしでも自在に矢を操る弓の名手。

Story >>> Synergy effect of【Minus Skill】4

メンバー全員が“マイナススキル”もちだが
奇跡的なシナジー効果のおかげで前線で活躍する冒険者パーティー『暁』。
探索中にパーティーから追放された
駆け出し冒険者ユーリを見つけて一緒に行動することになるが、
転移床を踏んだことでアルヴィンとユーリがパーティーからはぐれてしまった。
過酷な状況のなかでユーリを守ろうとするアルヴィンだったが、
強敵を前にした彼女はパニックを起こしてしまう。

少し前まで祖父とともに狩人として暮らしていたユーリは、
現実で生き物と戦う本当の怖さを知っているせいで
ダンジョン内でも『本当はモンスターに人間が勝てるわけがない』という感覚が抜けきらずにいた。
【弓術】スキルがなくとも多くの技を使える実力を持った彼女だからこそ
技術が未熟な同レベル帯の仲間や、
自分が手にする武器に命を預けられるか心の底では不安だったのだ。

そんなユーリの話を聞いたアルヴィンは自身のストレージから一張りの弓を取り出す
——『落日洞穴』のボスドロップ弓。
今の武器よりも格段に威力が上がるこの弓ならば、ユーリの技術で輝けるはずだと。

さらにアルヴィンは不安げなユーリに力強く声をかける、
「俺が絶対に、君を守る」と。
それはマイナススキルで辛酸をなめても
諦めず技術を磨いてきた彼だからこそ言える言葉だった。
頼れる前衛と新たな弓で不安が払拭されたユーリは弓手として立ち上がり、
はぐれた仲間との合流後はボス部屋にて
『月射ち』でボスのHPを削り切る大活躍を見せる。

亡き祖父に叩き込まれた『月射ち』——正式名称“月雨”。
【弓術】スキルのレベル【65】でやっと使えるようになる大技だ。
元冒険者の弓手だった祖父だからこそ、
ユーリの冒険者としての可能性を見出し、そして託した大切な技。
頼れる先輩たちのおかげで祖父の想いに気づいたユーリは、
弓手として新たな道を切り開いていく覚悟を決めるのだった。

Contents

『魔王城』

Castle of Salvation

――――クソったれ。

俺はいらだちとともに内心で毒づいた。

薄暗いダンジョンの中、目の前でスケルトン・ウォーリアーの落としたドロップアイテムたちが微《かす》かな光を放っている。

一方俺の後ろに立つのは、たった今キルをとったパーティーメンバーのクソ男。

「二ミリ、ずれたか。少々気が散っていたな」

弓手のレダンが、摑《つか》んでいた残りの矢を矢筒に仕舞いながら呟《つぶや》いた。

キザったらしい野郎だが、何より腹が立つのはそこではない。

剣を鞘に収めながら、俺は我慢しきれずに嚙《か》み付く。

「おいレダン！　俺が詰めてる時には射《う》つなと、てめぇ何度言ったらわかるんだ！」

「その度に同じ答えを返している。従う理由が見つからないな」

表情を一ミリたりとも変えないまま言い放つレダンに、俺は顔を引きつらせながら返す。

「だから言ってんだろ！　てめぇが昨日の晩飯を思い出そうとしてちょっと指を滑らせただけで、俺が死ぬからだ！　矢は魔法と違ってＨＰが減るだけじゃ済まねーんだぞ！」

「オレは外さん」

　レダンは表情を変えないまま言う。

「貴様の立ち回りも、剣の間合いも把握している。ならばこのオレが外す理由がない」

「んなっ……」

「貴様の間抜け面にうんざりし、その後頭部に矢を飾りたくならないかぎりはな。先も貴様が体勢を崩したせいで、射線が空いたから射《う》っただけだ。あのまま貴様がダメージを受け、ライザのＭＰを使わせるよりも、矢の一本の方が安い。そうだろう？　リーダー」

「……」

　俺は言い返せずに押し黙った。

　本当に腹が立って仕方がないが、確かにパーティーを組んでから、レダンが矢を外したところは見たことがない。

「あら～。わたしは別に、かまいませんよ～」

　その時、神官の装備を纏《まと》った糸目の女が声を上げた。

　聖女のライザだった。

「ＭＰ回復ポーションはたくさんありますから～」

　その発言を聞いて、俺の顔が再び引きつる。

　ライザはこのパーティーの大事な回復職《ヒーラー》ではあるが、ある意味ではこいつも俺の敵だった。

「……それ全部、俺が買ってやったやつだろーがっ！　太っ腹な感じ出してんじゃねぇーよ！　いい加減てめぇのアイテムはてめぇで用意しやがれ！」

「まあ〜、ヒューゴ。いじわる〜」

ライザがころころ笑いながら言う。

「わたしにそんなお金がないの、知ってるくせに〜」

俺はがっくりと肩を落とす。

こいつほど刹那的な生き方をしている聖女は、他にいまい。

それでもライザに頼らざるを得ないのは、このパーティーでやっていけるような回復職《ヒーラー》が他に見つかるはずもないからだった。

「またくだらんことで揉めとるのぉ、リーダー！」

その時、ハンマーを担いだ巨漢が、バカでかい声で呆《あき》れたように言った。

重戦士のゴルグだった。

「金がなんじゃ！　そんなもん、深層でモンスターを二、三匹追加でぶちのめせば済むことじゃろうが！」

俺の顔が三度《みたび》引きつる。

俺の頭痛の種に自分自身も含まれているのだと、こいつはいつまで経っても自覚しない。

「ああ、そうだ。その通りだよゴルグ。だがな……てめぇがこの間飲み屋で暴れたせいで俺が支払った店の修理代は、そんなもんじゃ済まねーんだけどな」

「今回の報酬から立て替えておいとくれ。そろそろいい額になったはず」

髭《ひげ》を撫《な》でながら悪びれる様子もなく言い放つゴルグに、俺は頭を抱えた。

「あのなぁ、そうじゃねぇんだゴルグ。俺が言いたいのは、もう余所《よそ》で揉め事を起こすなってことなんだ。毎度仲裁に呼び出される俺の身にもなってくれよ」

「先に暴れ、給仕に絡んでいたのは飲み屋の酔漢《すいかん》の方じゃ。儂《わし》に非はない」

俺は思わず首を横に振った。

やはりこいつは何もわかっていない。本当に腕っ節しか能のないやつだ。

と、その時、俺はふと気づく。

「……あれ!?　ピケはどこ行った？」

全員で周りを見回すが、いない。

慌てて来た道を戻る。

魔導士の装束を纏った小柄な少女は、すぐに見つかった。壁際にしゃがみ込み、石板に彫られた文字を熱心に読み込んでいる。

「ピケっ！　このボケ！」

俺はその頭をひっぱたいた。

「……いたい」

魔導士のピケは平坦な声で呟き、ずれたフードを直した。

俺は言い募る。

「何やってんだこんなところでっ！」

「……テキスト」

どこか眠たげな目の少女が、石板を指さす。

そこに書かれていたのは、どうやらこれまで得た情報にない、新しい思わせぶりな原典《フレーバー・テキスト》であるようだった。

「見つけたから、読んでた」

「……あのなぁ」

俺は頭を掻《か》きむしりながら言う。

「お前、ここどこだかわかってるのか？　ダンジョンの中なんだぞ。しかも見つかったばかりの、まだ攻略情報が十分にないダンジョンだ。それを俺たちが今まさに攻略してるところなの。わかる？　どんなモンスターがいるか、どんなギミックがあるかわからねーのにはぐれたら遭難するだろーがっ!!」

「でも、テキスト……」

ピケが言い訳するように壁の石板を指さす。

俺は盛大に溜息をついた。こいつは一事が万事こんな調子だ。今朝だって俺が迎えに行かなければ、絶対集合場所までたどり着いていなかっただろう。

「……読むなとは言わねーから、せめて今度から誰かに一声かけろ。いいな？　わかったか？」

「うん、わかった」

ピケは立ち上がると、進行方向を指さし、俺に言う。

「行こ、ヒューゴ。もう覚えたから」

「……」

本当にマイペースなやつだ。

物覚えは抜群にいいはずなのだが、頭がいいのか悪いのかわからなくなってくる。

陣形を整え、ダンジョンの奥へと歩を進めながら、俺は後ろのピケへと問いかける。

「さっきのテキスト、どんなことが書いてあったんだ？」

「今までのと、あんまり変わらなかった」

ピケが平坦な調子で答える。

「この世界の不幸は、実はすべて魔王が引き起こしていて……その魔王は、『魔王城』の一番奥で待ち構えているとか、倒せば世界は救われるとか、そんなこと」

「……ふうん」

確かに、これまでに集めたテキストと内容はそれほど変わらない。

俺はステータス画面を開き、現在地欄を確認する。

マッピングされた地図の上には、ダンジョン名である『魔王城』の表記があった。

「すべての不幸は魔王が、ね……」

そんなわけがない。

いくらテキストとはいえ、ずいぶんと荒唐無稽な内容だった。そもそも幸と不幸は、それほどはっきりとは分けられるものじゃない。

俺が役に立たないスキルを持って生まれたのは、不幸なのか。

おかげでこんな連中としかパーティーを組めなかったのは、不幸なのか。

苦労の末、難関ダンジョンの最前線を攻略できるようになるまで上り詰められたのは、不幸なのか。

胃が痛くなるような冒険者生活と、うんざりするような仲間たちとの冒険が——おそらくこれで最後になるのは、果たして不幸なのだろうか。

魔王が不幸の根源ならば、そいつを倒せば俺の何がどう救われるというのだろう。

そう考えると、まったく幼稚で馬鹿げたテキストに思えた。

人間も世界も、そんなに単純じゃない。

＊＊

「ん!?」

目の前に唐突に現れたその文字列に、俺は驚き固まった。

無数の本棚によって構成されたダンジョン、寓言書廊《ぐうげんしょろう》の二十層。

下半身が魚になっているセイレーン系モンスターの固定シンボル、デュアルアクス・ホーリーセイレーンを倒した俺たちの前に、奇妙なウインドウが出現していた。

微妙に背景の透過したそれは、ステータスのウインドウに少し似ている。

ただ、表示されているのは一つのシンプルなメッセージだけだ。

『金の斧を選びますか？　銀の斧を選びますか？　金の斧／銀の斧』

「あ、ダイアログメッセージですね」

後ろでココルが、珍しいものを見るような声で言った。

ダイアログメッセージとは、ダンジョンで冒険者が選択を迫られる際に現れるウインドウのことだ。

その半透明のウインドウには、簡単な質問文とともにたいてい二つか三つのボタンが表示される。

そのボタンに触れることで、何らかの選択ができるという仕組みだ。

普通はボスや中ボス、あるいはギミックの一環として現れるもののようだが……かなり珍しい。

そもそも、ダンジョンでこうやって何かを選択すること自体があまりないのだ。

実は『暁《あかつき》』の四人でこのダンジョンに来たのも、ドロップアイテムを選べる変わった固定シンボルがいると噂に聞いたからだった。

ココルに続いて、メリナとテトも興味深そうに口を開く。

「これがそうなのね……」

「へぇ、じゃあ噂は本当だったんだね」

俺はあらためてウインドウに向き直り、そして呟く。

「……これがダイアログか。実物を見るのは初めてだな」

「ええっ、そうなんですか？」

ココルが意外そうに言った。

「アルヴィンさんなら、てっきり何度も見ていると思ってました」

「いや……昔は安全に行けるダンジョンにばかり潜っていたから、そこまでいろいろ見ているわけじゃないんだ。人から聞いたり、書物で読んだりして知ったことばかりで」

実際に体験して理解していることは、あまり多くなかった。

俺は少し笑って言う。

「みんなとパーティーを組んでからだよ、こうやって面白いダンジョンに潜るようになったのは」

「そうだったんですか……じゃあ、もっともっとあちこち行かないとですね！」

張り切って言うココルを尻目に、テトがダイアログを指さして言う。

「で、さ。これどっち選ぶ？　金の斧と銀の斧って、あのセイレーンが両手に持ってたやつだと思うけど、やっぱり金の方？」

「普通は銀よりも金のアイテムの方が高いし強いし効果もいいですからね。当然、金の斧ですよね！」

意気込んで言うココルに、俺は苦笑して告げる。

「あー、いや……実は金の斧を選ぶと、ドロップした瞬間に大量のコインに変わってしまうらしいんだ」

「へ？」

「そうなんですか？」

「ああ。しかもコインは全部セイレーンのいたプールに落ちてしまうから、潜って拾わなきゃならなくなるという」

拾ったとしても、所詮コインだ。大した額にならない。

テトとココルががっかりしたように言う。

「なにそれめんどくさー！」

「詐欺じゃないですか！」

「そんな、都合よくそのままもらえるわけないでしょ……金か銀かなんて普通に考えれば一択なんだから、わざわざ選ばせる意味がないもの」

呆れたように言ったメリナが、俺へと問う。

「銀の斧は、別に何かに変わったりはしないのよね。なら、やっぱりそっちを選んだ方がいいのかしら？」

俺は微妙な表情で答える。

「そうといえばそうなんだが……ただ銀の斧も、そんなに強い武器ではないようなんだよな。だから売っても大した値段にはならないし……」

「ふざけてますね」

「ま、所詮は二十層の固定シンボルだし、そんなもんなのかもね」

テトはあっさりとそう言うと、ダイアログのボタンへと手を伸ばす。

「じゃあ銀の斧を選ぶってことで。ボク、ボタン押していい？」

みんながうなずくと、テトは『銀の斧』のボタンに触れた。

それからすぐに、セイレーンのいたプールから、輝く銀色の斧が浮かび上がってくる。

それはしばらく宙を浮遊すると、ちょうどダイアログのあった真下にドロップした。

ある種神秘的な演出の中、俺たちはというと。

「うわ、なんか押してる感覚あったよ。ステータスのウインドウとはちょっと違う感じ」

「へー、そうなんですか。わたしもまだ、ボタンを押したことはないんですよね……」

「選択を終えてもすぐにウインドウが消えるわけじゃないのね」

「思ったより演出もちゃんとしてたな。二十層なのに」

肝心のドロップアイテムを拾いもせず、ダンジョンの仕様の話で盛り上がっていた。

箱庭の製作者がいるとすれば泣いているかもしれない。

一応消えてしまう前に銀の斧をストレージに収めると、俺は踵《きびす》を返して言う。

「じゃ、予定通り帰るか。目当てのものは見られたしな」

「ちょっと思ったんですけど……」

その時ココルが、顎《あご》に手を当てて真剣な表情で呟いた。

「……これ、金の斧を選んだ方がよかったんじゃないですか？」

「え？　どうして……」

「あ、確かに！　ダンジョンを作った人がいるなら、絶対金の斧の演出の方を凝りそうだよね」

「……なるほど、そういうことか」

テトの言葉に、俺は納得する。

あのダイアログは、騙すためにあったと言ってもいい。それならむしろ、不正解の方の演出が本命だろう。

使い道のない銀の斧をもらうよりは、豪華な演出を見る方がまだいい気がした。

「そう言われると、なんだか気になってくるわね」

　メリナも理解したようで、苦笑交じりに言う。

「それなら今度、また来てみる？」

「賛成です！　次はわたし、ボタン押してみたいです！」

「早い方がいいよね。明後日とか？　このダンジョン小さいから、もたもたしているとクリアされちゃうかも」

「そうだな。ダンジョンが消滅すると、ここの演出も二度と見られなくなるだろうからな」

　まったく同じモンスターが別のダンジョンで出ることは珍しくないが、演出まで同じとは限らない。

　さらに言えば、なんとなくあのセイレーンは寓言書廊固有のモンスターである気がした。

　同じモンスターは存在しても、同じダンジョンは存在しない。

　これまで無数のダンジョンが誕生し、攻略されては消滅してきた。俺が知ることもなかった、感動するようなダンジョンも中にはあっただろう。

　せっかくこうやっていろんなダンジョンに行けるようになったのだ。今のうちにたくさん見ておきたい。

　そんな風に考えた時、俺は少し不思議な気分になった。

「息継ぎしなくてもＨＰが減らなくなるバフがあるんですよ。テトさんにかけてあげますね」

「いいわね。私もコインを拾いやすいように、光属性の魔法を唱えておくわ」

「なんでプールに落ちたコインをボクが拾うことになってるの？　やだよー！」

皆のやり取りを見ているうちに、自然と笑みが浮かぶ。

冒険者になったのは生活のため。ダンジョンに潜るのは金を稼ぐためだった。

マイナススキルを持っているせいでろくにパーティーも組めず、ドロップにも恵まれなかった俺は、日銭を稼ぐだけでも命がけ。ダンジョンとは文字通り〝攻略〟するもので、楽しんだりする余裕はまったくなかった。

だが、今は違う。

皆のおかげで深層で安定して稼げるようになり、こうして珍しいダンジョンへ潜る余裕も生まれている。

冒険者は命の危険がある一方で、根強い人気のある職業でもある。

俺は冒険者という職業を、ようやく楽しめるようになっていた。

＊＊

「そういえば、今日で一年経つんだな」

喧噪《けんそう》の中ぽつりと呟くと、皆が顔を向けてきた。

馴染《なじ》みの酒場。

いつものように集まった俺たちは、次に向かうダンジョンをどこにするか話し合っていたところだった。

「何がですか？」

首をかしげるココルに、俺は答える。

「俺たちがパーティーを組んで、だよ」

「……ああ！」

「言われてみればそうね。ちょうど一年前の今日だったわ」

「よく覚えてたねー、アルヴィン」

感心半分、からかい半分のような口調で言うテトに、俺は苦笑を返す。

まあついさっき思い出したばかりなのだが……日付自体は忘れるはずもない。

冒険者になってから起きた、一番大きな出来事なのだから。

「思えばこの一年、いろいろありましたよね」

ココルが思い出すように言う。

「ギミックと蟻《あり》モンスターだらけの変なダンジョンに行ったりとか」

「ユーリとアルヴィンが遭難しかけたりとかね」

「みんなで素材集めて、LUK《幸運》＋15％のあんまり意味ない指輪装備作ったりもしたよねー」

「あったなぁ、そんなことも」

俺は思わず笑い、それから静かに言う。

「前まではソロで潜るか、駆け出しのパーティーに入ってパワーレベリングの手伝いとかばかりしていたから、ここ一年で冒険者生活がガラッと変わったよ」

本当に、皆に出会えてよかったと思う。

尊敬できる仲間とパーティーを結成できたおかげで、何もかもが変わった。様々なダンジョンへ行けるようになり、精神的な余裕も生まれ、一線級の冒険者たちからも一目置かれるようになった。

それに何より……。

「変わったと言えば……収入もですね」

ココルがぼそりと言った。

俺たちは声を潜めて同意する。

「それは本当にな……」

「一回の冒険ですごいお金入ってくるよね。深層でもたくさんモンスターを倒せるおかげで。宝箱漁《あさ》りしてた頃がバカらしく思えてくるよ」

「テト、あなたたちゃんと貯金してる？」

「してるよ！　ボクこう見えても無駄遣いはしないから！」

「むしろ多少無駄遣いしても余裕で貯まっていきますよね。ＭＰ回復ポーションを使っても、全然うしろめたくならないので助かります……」

「あれ高いからな……。でも、いいアイテムは遠慮なく使える方が絶対いいんだよな」

　高級ポーションのおかげで助かる戦闘があるかもしれない。『記憶の地図』のおかげで、帰路モンスターに襲われずに済むかもしれない。

　アイテムを惜しんで命を落とすなんて馬鹿馬鹿しいが、手持ちが少なければどうしても使用をためらってしまうこともある。

　怪我をしてしばらく冒険に出られなくなっても食いつなげられるので、やはり金はあるに越したことはなかった。

　テトが呟く。

「金より名声！　って冒険者も多いけどさ……現実的に考えたら、やっぱりお金だよね」

「有名になったところでおいしいものは食べられませんしね」

「名声なんてなかなか続くものでもないしな。俺たちも最初の頃はいろいろ噂されたり引き抜きの話が来てたりしたけど、今じゃもうさっぱりだ」

　有名になりすぎて一時は本気で悩んだものだったが……結局のところ皆、突然深層の未攻略層に現れるようになった新しいパーティーを珍しがっていただけのようだった。

　その後の努力もあり、今や『暁』はトップ層のパーティーの一つに数えられるようになった。しかし前ほどちやほやされることもなく、握手を求められるようなこともなくなってしまった。

元々目立ちたがりでもないから願ったり叶ったりではあるのだが、こうまで変わると少々寂しい気がしなくもない。

まあでも、人気や名声なんてそんなものだろう。

「あら？」

感傷に浸っていると、メリナが不思議そうな顔で俺を見る。

「私たちにはもう全然来てないけど、アルヴィンは未だに誘われてるじゃない」

「そうですよね。しかもあの有名パーティー二つから」

「あのリーダーたちも熱心だよねー」

「あー、まあ一応はそうだが……」

そういえばそうだったなと思った、その時。

「よお！　アルヴィンじゃねぇか」

背後から、俺の名前を呼ぶ声が聞こえた。

椅子に座ったまま振り返ると、そこには顔見知りの冒険者がいた。

「シェイド」

「寓言書廊はどうだった？　なかなか面白かっただろ」

そう言って、シェイドは快活に笑う。その腰には二振りの剣が提げられていた。

シェイドはトップ層パーティーの一つ、『青嵐《せいらん》』を率いる双剣士だ。背が高く、俺よりも年上のはずだが、笑う顔はどこか子供っぽい。

俺も笑みとともに返す。

「ああ。ダイアログを見たのは初めてだった。珍しいな」

「ん？　もしかしてお前、二十層で引き返したのか？」

「ああ」

「もったいねー！　あそこなぁ、二十層の先もすげーんだぞ！　あれって下じゃなくて上に登っていくタイプのダンジョンだろ？　なんとでっかい豆の木を登る、めちゃくちゃ高い階層とかあるからな。雲の上まで上がると固定シンボルの巨人型モンスターがいて、そいつが落とすアイテムがまた珍しいんだ」

「ええっ、そうだったのか？」

噂になっていたのは二十層のセイレーンだけだったから、てっきりその先に面白いものはないものだと思っていた。

「ま、そこら辺はもう深層なせいで、なかなか噂にもならないから無理もねーけどな。豆の木なんて四十層だ。普通の冒険者が簡単に行ける場所じゃない」

「確かに……」

「どうだ？　アルヴィン」

そう言って、シェイドが俺の肩に手を回す。

「今度オレたちのパーティーに入って、豆の木を登ってみないか？」

「あー、はは、いや、俺は……」

「おや、抜け駆けは感心しませんね。シェイド」

俺が答えに窮していると、傍らから別の声がかかった。

目を向ける。そこにいたのは、やはり顔見知りの冒険者だった。

「私に隠れてアルヴィンの勧誘とは」

ともすればやや冷たくも見える表情で、冒険者は言う。その身に纏っているのは聖職者系職種《ジョブ》の法衣であり、背に掛けられているのも儀礼用のメイスだった。

シェイドが眉をひそめ、その男へと言い返す。

「あー？　なんだよフォス。オレの勝手だろ？」

「いい加減に諦めたらどうです。アルヴィンが『青嵐』に入ることはありませんよ」

そう言って、フォスが眼鏡を直す。俺はなんと言ったものかわからず、ただ曖昧な笑みを浮かべる。

フォスもまた、トップ層パーティーのリーダーだった。『熾天座《してんざ》』の神官。回復職《ヒーラー》がリーダーをやっているパーティーは珍しいが、フォスが誰かの下についている姿はちょっと想像しにくい。そういうタイプの冒険者だ。

フォスはやや呆れたように、シェイドへと言う。

「だいたい寓言書廊の四十層程度なら、あなたに頼るまでもなく『暁』のメンバーで攻略できてしまうでしょう」

「そうだけどよー」

「あ、そ、そうなんだよな。だから、俺はやっぱり……」

「ところで、アルヴィン」

俺が言いかけたちょうどその時、フォスがこちらに顔を向けた。

そして、一部の女性冒険者やギルド受付嬢には絶大な人気を誇っているらしい、キザな笑みとともに言う。

「実は先日、新しいダンジョンが見つかりまして」

「……新しいダンジョン？」

「ええ。『魔王城』というダンジョンなのですが」

聞いてすぐに思い当たるものはなかった。ギルドの掲示板などに、そんな名のダンジョンの情報が貼られていた記憶はない。

フォスは耳が早い。おそらくまだ噂にすらなっていない、発見されたばかりのダンジョンなのだろう。

ただ――その魔王城という名には、微妙に引っかかるものがあった。

　眉をひそめる俺を見て、フォスが言う。

「その様子では、まだ聞きおよんでいなかったようですね」

「ああ。初めて聞いた……と思う」

「規模としては小《しょう》寄りの中《ちゅう》といったところなのですが、実はこのダンジョン、少し変わっているようでして」

「変わっている？」

「なんだなんだ、変なギミックでもあんのかよ」

　シェイドも気になったようで口を挟んできた。

　フォスは眼鏡を直しながら続ける。

「強いのだそうです」

「え？」

「はぁ？」

「出現するモンスターが異様に強いのだそうです。一層からすでに中層クラスだとか。最初に見つけたパーティーは、浅層を抜けることすらできなかったそうですよ」

　聞いた俺とシェイドは、二人して黙り込む。

　確かに、変わっていた。ダンジョンによって難易度の差こそあるものの、階層ごとに出てくるモンスターのレベルはそう変わらない。

他のダンジョンでは中層で出現するようなモンスターが、一層から出てくるなんて例は聞いたことがなかった。

俺たちの反応に満足したかのように、フォスが笑みとともに言う。

「どうです、興味が湧いてきたでしょう？　攻略は容易ではありませんし、ドロップアイテムにも魅力はないようですが、面白いものが見られるかもしれない……。いかがですか、アルヴィン」

「えっ、何が？」

「私の『熾天座』に加入し、魔王城を攻略してみるというのは」

「あー、そういう……」

「おぉい、ずりーぞ！　そういうことかよ！」

「我々は新規ダンジョンの攻略ならばこの地域でも随一であると自負しています。きっと後悔はさせませんよ」

シェイドの抗議を無視し、フォスが笑顔で言い切った。

フォスの言うことは事実だ。純粋なレベルや冒険者《プレイヤー》スキルならば強者ぞろいの『青嵐』に軍配が上がるが、未知のダンジョンやボスの討伐において『熾天座』は本当に強い。

ただやはり、加入する気はなかった。

なんと言って断ろうか迷っていると、テーブルの方から声が上がる。

「引き抜きの誘いならこっそりやってくれない？」

メリナが、焙煎茶の杯を傾けながら言う。

「せめて、私たちの見てないところでね」

「そうだそうだー。アルヴィンを持っていくなよなー」

「……」

メリナとテトの言葉に、シェイドとフォスがうっ、とたじろぐ。

いやどちらかといえば、ココルに無言で睨《にら》まれたせいだったのかもしれないが。

「わ、悪い悪い……」

「場をわきまえていませんでしたね……」

引き抜きの話なんて冒険者の間では珍しくないが、普通は隠れてやるものだ。

ただ、『暁』が有名になり出した頃は俺に限らず全員に勧誘が殺到していたため、誘う連中も皆いつの間にかなりふり構わなくなっていた。

謝る二人へ、俺は苦笑とともに言う。

「悪いな。俺はやっぱりこのパーティーでやっていくことにするよ。初めて自分で立ち上げたパーティーでもあるし……なにより、一番力を発揮できる場所だからな」

俺の言葉に、シェイドとフォスが眉をひそめて言う。

「マイナススキルのこと言ってんのか？　そんなもん気にしねーって！　ドロップ率八割減がなんだよ、八倍倒せばいいだけじゃねーか！」

「五倍ですよ、馬鹿ですね。ドロップ率変動系スキルが適用されるのは道中に出現するモンスターだけです。我々が主に標的としているのはボスや固定シンボル。関係ありませんよ」

「あー、いや……でもそう言われて入って、結局追い出されたこともあったんだよな……」

俺がそう言うと、二人は黙ってしまった。

言いたいことはもう察しただろうが、俺は一応続ける。

「『暁』なら、俺のマイナススキルも生かせるんだ。いい巡り合わせがあってせっかくこんなパーティーを組めたのに、それをふいにするなんてできないよ。メンバーにも不満なんてあるわけないしな」

聞いたフォスが、溜息とともに眼鏡を直して言う。

「そうまで言われては、仕方ありませんね……ですが、気が変わったらいつでも言ってください」

「まあ、そんな美人どもとパーティー組んでたら不満なんて言えんわな……。はぁ～、なんでオレのパーティーはあんなに男臭いんだか……」

そう言ってシェイドが天を仰ぐと、メリナが眉をひそめて言う。

「男とか女とかって話じゃないでしょ。平均レベルだって私たちの方が高いんだけど？」

「そうだそうだー。二人ともココルよりレベル低いくせにー」

テトが煽《あお》ったのを受けて、ココルがまたキッと二人を睨んだ。

シェイドもフォスもばつが悪そうにする。

「それを言われたらおしまいだな……」

「【80】なんてレベル、普通は到達できませんからね……」

「ところでなんですけど」

と、そこで、ココルが急に普通の調子で口を開いた。

「その魔王城ってダンジョン、気になりますね」

「ボクも思ってた。ねえフォス、それってどこにあるの？」

テトに訊かれたフォスが、眼鏡を直しながら答える。

「ここからだとそれなりに距離がある場所ですね。興味が出てきましたか？」

「うん。ねえ、ボクたちでもそのダンジョン行ってみない？」

「いいですね！　浅層から高難度ダンジョンなんて腕が鳴ります！」

「ギルドの方でまだ正式に公開していないなら、他の冒険者も少なくてよさそうね。どう？　アルヴィン」

「ああ……いいんじゃないか。ちょうど次に行くダンジョンも決まっていなかったしな」

俺はやや上の空気味にうなずく。

実のところ、魔王城という名前には未だ引っかかるものがあったのだが……反対するほどでもなかった。

それに俺自身、興味を惹かれたというのもある。

「……そうだ、フォス」

　俺はふと、フォスに声をかける。

「その魔王城には、どんな思わせぶりな原典《フレーバー・テキスト》があったんだ？　最初に見つけたパーティーの連中は潜っていたんだよな？」

「テキストですか……」

　フォスが顎に手を当てながら呟く。

「聞きましたが、残念ながら攻略に役立ちそうなものがなかったので詳細に控えてはいません。思い出せる限りで言うならば……」

　記憶を探るように、フォスが視線を斜めに泳がせる。

「魔王城の最奥には、魔王が君臨している。そして……この世のすべての災厄は、魔王が引き起こしているそうです。その魔王を倒すことで、世界が救われるのだとか」

「世界が……？」

「荒唐無稽な内容ですよね。ただダンジョンの設定を説明するだけのテキストだと思われます。ボスはその魔王とやらなのでしょうが、弱点部位や攻撃パターンのヒントに繋《つな》がるものでもなさそうでした。そういったテキストがあるとすれば、もっと深い階層でしょう」

「……」

　俺は考え込む。

だが、やはり思い当たるものは何もなかった。

「そうだ、競争するか！」

と、唐突にシェイドがそんなことを言った。

俺はやや呆気《あっけ》にとられて訊き返す。

「き、競争？」

「ああ。『熾天座』は元々潜るつもりだったんだろ？　オレたち『青嵐』も挑戦するから、お前らも含めてどのパーティーが一番初めにクリアできるか競争しようぜ」

「小さめとはいえ中規模ダンジョンなんでしょ？　難易度も高いのならそう簡単にクリアなんてできないわよ」

メリナの当然の言葉に、シェイドは腰に手を当てて言う。

「どうかな？　オレたちなら明日にもやりかねないぜ」

「あのね……」

「まあ、クリアが無理そうなら到達階層の勝負でもいいさ。どうだ？」

「面白いですね。乗りましょう」

言ったのはフォスだった。

テトが意外そうに言う。

「え、乗るんだ。フォスってそんなキャラだったっけ？」

「我々の実力を示すいい機会ですからね」

フォスは眼鏡を直すと、不敵な笑みとともに言う。

「この勝負に勝てれば、アルヴィンの気も変わるかもしれない」

「そうそう！　そういうことよ！」

シェイドが同調するように言った。

未だ諦めていない様子の二人に、俺はなんともいえない表情になる。

「……二人とも、どうしてそんなにしつこくアルヴィンさんを誘うんですか？」

ココルがじとっとした目でシェイドとフォスを睨みながら言った。

「『青嵐』も『熾天座』も、前衛は足りているはずでしょう」

すると、二人はどこか気まずげな顔になる。

「いや、実は……やめそうなやつがいてさ」

「えっ」

「私のところも同じです。ちょうど、剣士の仲間が」

「あ、そうなんですか……」

急に大人しくなったココルに代わり、俺は二人へ訊《たず》ねる。

「やめそうって、どういうことだ？　怪我とかじゃないんだよな」

「故郷に帰るつもりらしいんだ。もう十分金を稼いだからって」

「私の仲間は、独立して店を出すそうです。もちろん応援してやるつもりですが、今は後任が決まるまで待ってもらっている状態でして」

フォスが言うと、シェイドが小さく溜息をつく。

「こっちも本当は続けてもらいたかったが……ま、さすがに引き留められんわな。こんな危険な稼業、いつまでも続けるもんじゃない。ちゃんと金を貯めて引き際を見定めてたあいつは賢いよ」

「上位パーティーほど稼ぎがよくなりますが、その分賢明な者ほど早くにやめていきますからね。冒険者としての寿命は強さに関わらないとは、よく言ったものです」

フォスの言葉は、どこか自嘲するようだった。

ふと、シェイドが俺たちを見て言う。

「そういえば、お前らはどうなんだ？」

「えっ」

「もう引退のこととか考えてんのか？　けっこう稼いでんだろ？」

俺たちは、思わず一瞬沈黙してしまった。

「それは……」

「いえ、今のところは……」

「……特に、考えてはいないわね」

「さすがに早すぎるってー。……たぶん」

「ふうん……ま、そうだよな。お前らまだ若いしな」

「私が言うのもなんですが」

フォスが眼鏡を直しながら言う。

「少しずつでも、考えておいた方がいいかと思いますよ。あなた方にも家族や故郷といったこれまでの人生や、あるいはこれからの人生があるでしょう。生まれ育った村で畑を耕すでも、街で店を開くでも、学問を修めるでも、あるいは誰かと所帯を持つでもいいですが……冒険を終えた後のことを」

「……」

「冒険者として上位に上り詰めたあなた方には、選択肢が生まれたのです。冒険者として一生を終える以外の選択肢が。ダイアログメッセージのように目には見えずとも、それは常に提示されている。少しでも、意識しておいた方がいい。それがいつまでもあるとは限りませんからね」

俺たちは、何も言えずに黙り込んでしまった。

重くなった雰囲気を壊すように、シェイドがおどけた調子で声を上げる。

「ま、あんま考え過ぎんなよな。引退するもしないも個人の自由だ。人が足りなくなったら探せばいい。まあ冒険者ってどいつもこいつも変わってるから、まともっぽいやつは貴重なんだけどな。だからこそこんなにアルヴィンを誘ってるわけなんだが」

「……。俺、レベルとか冒険者《プレイヤー》スキルとかじゃなくて、まともっぽさを買われてたのか……」

なんだか微妙な気分になっていると、フォスが付け加えるように言う。

「実力のある冒険者ほど、一癖も二癖もあることが多いですからね。アルヴィンならば大抵の上位パーティーから歓迎されるでしょう。ドロップ率減少程度のマイナススキルなど問題になりません。『暁』で名が知られるまで、見出せなかったことが悔やまれるくらいです」

言い終えると、フォスが踵《きびす》を返す。

「私はそろそろ行きましょう。魔王城攻略の準備がありますからね」

「んじゃオレも帰るかぁ。またな、アルヴィン！　今度はそこの美人どもがいない時に誘いに来るぜ。あと競争も忘れんなよー」

そう言い残し、二人は去って行った。

酒場のテーブルには、わずかに疲れたような沈黙が流れる。

「……アルヴィンさん、モテモテですね」

「いいなー、アルヴィンばっかり。気移りするなよなー」

微妙に不機嫌そうなココルとテトの言葉に、俺は苦笑とともに答える。

「しないって。俺はずっとここでいくよ」

「んあ……は、はい……」

急にもじもじしだしたココルを放って、テトが言う。

「そういえばどうする？　魔王城。シェイドとフォスは競争したがってたけど」

「しなくていいでしょ」

メリナが茶杯を傾けながら、やや呆れたように言う。

「新規のダンジョンで攻略の競争なんて危ないわよ。付き合う必要ないと思うわ」

「そうだなぁ」

俺も同意する。

無理に急いで大変な思いをしても仕方ない。二人はああ言っていたが、俺たちは俺たちのペースで攻略できれば十分だろう。

「とはいえ、私も魔王城には興味が出てきたわね。浅層からすでに中層クラスの難易度だなんて」

「どういうダンジョンなのかなー。っていうか、場所訊くの忘れてたね。フォスを捜さないとダメかー」

「フォスじゃなくても、『熾天座』のメンバーなら知ってるんじゃないかしら」

話し合うメリナとテトを眺めていると、不意にココルが声をかけてきた。

「……どうしたんですか？　アルヴィンさん」

「えっ、何がだ？」

「いえ……魔王城の話を聞いた時から、なんだか様子がおかしかったので。何か心配なことでもあるんですか？」

「あー、いや……」

俺は言いよどむ。

心配事というほどでもないが、漠然とした気がかりがあった。

「……知っている気がするんだよな。魔王城っていうダンジョン」

「えっ」

「何よそれ、どういうこと？」

「もう誰かから聞いてたとかー？」

テトの問いに、俺は首を横に振る。

「いや、最近の話じゃない。もっとずっと前に、ギルドの資料か何かで見た気がするんだ。過去のダンジョンの一つに……そんな名前が、あったような……」

「さすがに気のせいじゃない？」

メリナが、やや困惑したように言う。

「同じ名前のダンジョンは、過去のものも含めて存在しないって聞くけど」

「はい……すごく似てるのならありますけどね」

「あー、あるよね。巨人渓谷《きょじんけいこく》と仙人渓谷《せんにんけいこく》とか、海竜蝕洞《かいりゅうしょくどう》と地竜蝕洞《ちりゅうしょくどう》とか、微妙に被《かぶ》ってるやつ。そういうのを見間違えたんじゃないの？　アルヴィン」

「……」

テトの言うことはもっともだ。俺も逆の立場なら同じように考えていただろう。

だが、なんとなくではあるが……そうではない気がした。

文字だけの記憶ではなく、微かに聞き覚えもあるのだ。ギルドで見たよりもさらに以前――どこかで誰かが、魔王城の名を口にしていた覚えが。

しかし、それ以上は思い出せなかった。

俺は小さく笑うと、皆へ言う。

「ま、そうかもな」

「うんうん。魔とか王とか城とか、ありがちな名前だしね。でさ、アイテムとかどうする？」

「中層以降に出現するモンスターがわからない以上、一通り持っていった方がいいんじゃないかしら。私もＭＰ回復ポーションは買い足しておくつもり」

話し合う二人を余所になおも思い出そうとする俺へ、ココルが心配そうに顔を向けてくる。

「あの、アルヴィンさん……本当に大丈夫ですか？　気になるのならやめておきますか？」

「いや、大丈夫だ。そんな大げさなことじゃない。どの資料で見たダンジョンと勘違いしたのか、思い出そうとしていただけだから」

「そうですか……？」

「ああ。魔王城は俺も興味があるし、当然行くよ。もちろんテキストもちゃんと集めてからな」

俺は笑顔を作ってそう答えた。

ここで変に水を差したくない。そんな思いがあった。

それは、魔王城の名の他にも……シェイドやフォスの言っていたことが、心に引っかかっていたためでもあった。

――こんな危険な稼業、いつまでも続けるもんじゃない。

――冒険者として上位に上り詰めたあなた方には、選択肢が生まれたのです。冒険者として一生を終える以外の選択肢が。

ココルやメリナやテトに引き抜きの話が来たら、俺は皆と同じように、きっと引き留めるだろう。

だが……冒険者をやめたいと言いだした時は、どうするべきなのだろうか。

続けてほしい気持ちは当然ある。しかしそのために死の危険もある冒険者を続けさせるなんて、あまりに身勝手なことなのではないだろうか。

ならば、黙って笑顔で見送るべきなのか。

ダンジョンの外でダイアログメッセージが出ることはない。

だが、選択肢は常に提示されている。

そして放置すれば消えてしまうあのウインドウのように、それはいつまでもあるわけではない。

上位パーティーの仲間入りを果たし、余裕が生まれたからこそ出てきた迷いだった。冒険者という稼業に、どう向き合うべきなのか。

それは――俺自身の引き際をどうするのかという問題にも、繋がっていた。

＊＊

数日後。

あれから準備を重ねた俺たちは、噂の新ダンジョンへとやってきていた。

スケルトン・ウォーリアーの最後の一匹が、俺の剣を受けてエフェクトとともに四散する。

「……っと、これで終わりだなっ」

群れをすべて倒し終えたことを確認すると、俺は一息ついて武器を下ろした。仲間たちからも同様に、緊張を解いた気配が伝わってくる。

魔王城という名のこのダンジョンは、幸いなことに未だ健在だった。

あれからけっこう日にちが経ったので、シェイドやフォスもすでに挑戦していただろうが、どうやらまだクリアには至っていなかったらしい。競争に参加する気こそないものの、潜らないうちに消滅させられてしまっても困るので、そういう意味では助かった。

通ってきた通路を振り返りながら、俺は呟く。

「しかし……噂の通り、なかなか強いな」

俺たちは現在、魔王城の九層にまで到達していた。

九層など、普通ならばまだ浅層と呼ばれる階層だ。駆け出しの冒険者だろうと、きちんとパーティーを編成して準備を整えれば十分潜ってこられる。

だが……、

「はい……やっぱり中層くらいの難易度はありますね」

そう言ってうなずくココルに続いて、メリナとテトも同意する。

「そうね。一層はそこまででもなかったけど、この辺はもう深層に近いくらいなんじゃないかしら」

「モンスターの種類は普通のダンジョンの浅層と変わらないんだけどねー。スライムとかスケルトンとか。内装もよくある感じだし」

テトの言葉に、俺はダンジョンの内部を見回す。

視界に映るのは、洞窟系のダンジョンにありがちな岩肌ばかり。特筆すべき点は何もない。

俺は呟く。

「魔王城というくらいだから、デーモンがよく出る居城系ダンジョンみたいな感じかと思っていたんだけどな。ちゃんとした床と壁があって、燭台が並んでいるような」

「純粋な洞窟系って感じですよね。魔晶深坑《ましょうしんこう》とか瑞獣石窟《ずいじゅうせきくつ》とか、それこそ落日洞穴《らくじつどうけつ》みたいな」

「……そう、かしら」

メリナがぽつりと言った。

「なんだか、普通の洞窟系ダンジョンとは違う気がしない？」

「え、そう？　ボクも普通に見えるけど……」

首をかしげるテトを余所に、メリナがあらためてダンジョン内を観察する。

「……やっぱり違うわ。最初は私も普通の洞窟系に見えたけど……だんだん居城系に近づいている気がする。見て、床も壁も、一層よりも整っている気がしない？　障害物の岩も、柱みたいになってきてる」

「言われてみれば……」

ココルが呟く。

俺も言われて気づいたが、確かに一層と比べると少し様子が違う気もする。

「あっ、これ。テキストみたいだよ」

不意に、壁際でテトが声を上げた。皆でそこへ駆け寄る。

テトがしゃがみ込んでいる壁際には、石板のようなものが嵌《は》まっていた。

これまでにはなかった、人工的な装飾物だ。やっぱりただの洞窟系ダンジョンではないのか。

「どれどれ……」

俺は屈《かが》むようにして、そこに彫られた文字を見る。

そこには、こんなことが書かれてあった。

〝なぜ人間同士が憎み合わなければならない〟

〝なぜ人間同士が争わなければならない〟

〝少ない食料を、どうして奪い合わなければならないのか〟

〝世界は今、災厄に満ちている〟

〝病に飢え、内戦に侵略〟

〝救いようのない不幸の中で、人々はもがき苦しんでいる〟

〝だが、騙されるな〟

〝世界は最初からこうではなかった〟

〝かつては人間たちは皆、互いに助け合いながら平穏に生きていたのだ〟

〝この世界を絶望に落とした者がいる〟

〝それは、〟


「それは……魔王だ」

テキストを読み上げる、ココルの小さな声が響いた。

その声音は、どこか訝《いぶか》しげだ。

無理もない。これはどうにも、奇妙なテキストだった。

俺は続きを読む。


〝それは、魔王だ〟

〝魔王こそが、この世のすべての不幸の根源なのだ〟

〝魔王を倒すことで、世界は原初の姿へと還るのだ〟

〝この道は救済へと続いている〟

〝魔王は城の最奥で待ち構えている〟

〝誰一人として同胞を見捨てるな〟

〝勇者たちよ〟

〝魔王を倒し、世界を救うのだ〟


「……何、これ」

読み終えたらしいテトが、眉をひそめて呟く。

「変なの。長いし」

「だいたいはフォスから聞いていたとおりの内容ね」

メリナが、特に表情も変えずに言う。

「よくある、雰囲気づけのための無意味なテキストなんじゃないかしら。ただ……」

「……少し、新興宗教っぽいですよね」

ココルがぽつりと言う。

「神学校に在籍していた時、先生や先輩方からよく注意されたんです。怪しい分派の誘いには気をつけなさいって。ビラも見せてもらったんですけど……そこに書いてあった文言にそっくりです。騙されるなとか、世界の真実とか、同胞とか、救済とか」

「神学校にもあるのね、そういうの。魔法学園にもあったわ。明らかに怪しい集まりなのに、毎年新入生が何人か引っかかってた」

「魔王を倒し、世界を救う……か」

　俺は呟く。

「……もし新興宗教がこんな感じなら、引っかかるのもわかる気がするな」

　皆がこちらを見た。

　俺はややためらいがちに言う。

「昔、賭け事をやっていた時期があったんだが……ある日大負けしたんだ。その時に頭をよぎったのが、武器も装備も全部売ってその金を賭けたら、一度勝つだけで今までの負け分を全部取り戻せるな、ってことだった」

「ええ……」

「完全に参ってるわね」

「何度も勝つのは難しいが、一度勝つだけならいけるって思ってしまうんだよな。結局この考えはまずいと思って、それ以来賭場には行ってないんだが」

「そこでスパッとやめられるのがアルヴィンさんらしいですね」

「たぶん……本当に参っているやつなら、こういうテキストも信じてしまう気がするんだ」

俺は続ける。

「不幸の原因を一つ一つ取り除いていくのは難しい。だが魔王さえ倒せれば、すべてが解決するのだと言われたら……」

「確かに……ああいうのに嵌まるのは、何か問題を抱えてたり、周りから浮いている子ばかりだと聞くわね」

「でもさ、このテキストは誰が信じるの？」

うさんくさそうに、テトが言う。

「人間同士争うとか、食料を奪い合うとかさ……。そりゃあ冒険者はよく喧嘩してるし、食べ物の恨みで揉めたりもするだろうけど……魔王を倒すより、その相手をぶっ飛ばす方がずっと簡単じゃない？」

「うーん、そうね……」

「もっと、大変な状況を想定しているのかもしれません……ぶっ飛ばす相手がたくさんいて、誰を恨めばいいかもわからないような」

ココルが思い出すように言う。

「聖典には、飢餓《きが》や疫病が蔓延《まんえん》し、数少ない富を巡って起こった戦争のことが書かれています。そういう世界にいる人々に向けて話している……っていう体《てい》なんじゃないでしょうか」

「そういえば、落日洞穴のドライアドが描いていたのも、戦争の絵だったな」

「聖典がモチーフになっているってことかしら？　そういうダンジョンは他にもあるから、不自然でもないわね」

「じゃあやっぱり、これもただそういうテキストってだけなのかなー」

テトが話を締めるように言った。

普通に考えれば、そうなのだろう。

全員で石板の前から立ち上がる。

「……進むか。早いところ、次の安全地帯《セーフポイント》を見つけたいしな」

俺がそう言うと、皆が同意の声を上げた。

陣形を整えて進行を再開する。

魔王城攻略は順調だ。なんの問題もない。

だが心の隅《すみ》には、先ほどのテキストの文言が引っかかっていた。


〝魔王を倒すことで、世界は原初の姿へと還るのだ〟

魔王が不幸の根源であり、倒せば世界が救われる。

一見わかりやすい文章だ。

だがよくよく読めば、魔王を倒して起こる救済とは、不幸が消え去ることではなく、世界が原初の姿に還ることなのだと解釈できる。

これは何か、宗教的な言い回しなのだろうか。

世界の原初の姿とは、いったいなんなのか。

俺にはあいにく、聖典を読み込んでいるような教養はない。次のセーフポイントに着いたらココルにでも訊いてみようかと、ぼんやりと思った。

小羊が第四の封印を解いた時、第四の生き物が
「きたれ」と言う声を、わたしは聞いた。
そこで見ていると、見よ、青白い馬が出てきた。
そして、それに乗っている者の名は「死」と言い、
それに黄泉が従っていた。
彼らには、地の四分の一を支配する権威、
および、つるぎと、ききんと、死と、
地の獣らとによって人を殺す権威とが、与えられた。
(ヨハネの黙示録　6:7-8)

Round I "Caina"

Round "Caina"

〝カイーナ〟

「……なんか、だんだん城っぽくなってきたよな」

魔王城、十三層。

見つけた安全地帯《セーフポイント》で休息をとっていた俺は、壁や天井を見回しながら呟いた。

初めは、洞窟のような岩ばかりの内装だった。しかしそれらは階層を下るにしたがって次第に整っていき、今では床は石畳、壁もかなり平滑に近くなって、ぽつぽつと燭台《しょくだい》まで見られるようになってきた。

もう洞窟というよりは、地下牢系のダンジョンになっている。この先に進めば、さらに城らしくなるのだろうか。

「難易度も妙に高いし、変なダンジョンだな」

俺はまた呟くが、どこからも誰からも反応は返ってこない。

セーフポイント内を見回す。

パーティーメンバーは、ちゃんとそろっていた。ピケはぼーっと宙空を眺め、ゴルグは食料アイテムを噛み千切っている。ライザはニコニコしながらアイテム整理、レダンは目を閉じ、精神集中をしているようだった。

まるで俺の声など聞こえなかったかのように、皆各々適当に過ごしている。

俺はイラっとする。本当に、仲間とコミュニケーションをとろうという気が欠片《かけら》も感じられない。

別に俺に人望がないわけではなく、こいつらは常に、誰に対してもこんな感じだった。協調性もクソもない連中だ。

実力のある冒険者はだいたい一癖も二癖もあるものだが、こいつらは度が過ぎている。

この『星狩《ほしかり》』は、厄介者の寄せ集めのようなパーティーだった。

まあもっとも……俺も人のことを言えるかというと微妙だ。こいつらと同じように、他のパーティーを追い出されたことは何度もある。

俺は溜息をつくと、座ったまま声を張り上げる。

「おーい変人ども、そろそろ自分の世界から帰ってこい」

皆が億劫《おっくう》そうに顔を上げた。

俺は続けて問いかける。

「アイテムが減ったやつはいるか？　俺はまだ余裕があるが」

「……だいじょうぶ」

「不要じゃ」

「足りてるわ～」

各々返答が返ってくる。

よし、と内心で呟き、俺は再び口を開く。

「ならいい。あと十五分で出る。準備しとけよ」

呼びかけた俺はふと、レダンからの答えがないことに気づいた。

横を見る。

「……あ？」

座り込むレダンは目を閉じたまま、俺に手を差し出していた。

「なんだ、この手は」

「矢だ」

レダンはわずかに目を開けると、横目で俺を見て言う。

「これまでの戦闘で減った。よこせ。言わなくてもわかるだろう」

「……俺はてめぇの女房じゃねぇんだがな」

青筋の立った笑みを浮かべながらも、俺はストレージから矢の束を取り出す。

レダンは弓手だが、とにかくやたらと矢を使う。その割に残量には神経質で、普通の弓手ならば冒険を続けるような量がストレージに残っていても、帰りたがることがよくあった。

だから、運搬上限に余裕がある俺が予備の矢を運んでいるのだ。正直釈然としないものはあるが仕方ない。

座ったまま、矢束をレダンへ差し出す。

その手が受け取ろうとした瞬間……俺はふいと矢束を上に上げた。当然、レダンの指は空を切る。

「……なんのつもりだ」

「何度も訊いてるが、お前なんでそんなに矢を使うんだよ」

「……」

「どうして【弓術】スキルの〝曲射〟や〝貫通矢〟で一矢のダメージを上げないんだ。無駄だろ」

「……」

「いい加減に教えろよ。最後なんだから」

「……」

レダンは無言のまま。

これまでと変わらなかった。俺は思わず溜息をつく。

「……強いからだ」

「あ？」

レダンの手が伸びてきて、俺の手から矢束を奪い取った。

それをストレージに収納しながら、レダンが独り言のように続ける。

「普通に射《う》つ方が強いからだ。【弓術】スキルの技では、引きや離しの細かな調整ができない。そのせいで弱点部位も狙いにくく、一度発動してしまえばキャンセルも不可能になる。隙の大きさとダメージ量が見合っていない。矢を多く消費しようとも、一矢を正確に射《う》っていく方が時間あたりのダメージ量が増える。オレのレベルがその証明だ」

「……」

後衛火力としては魔導士に比べ不遇と言われる弓手でありながら、レダンはレベル【68】に到達していた。

意外に思いながら、俺は訊ねる。

「でもお前、たまに〝月雨《つきさめ》〟は使ってないか？」

「あれだけだ、使えるのは。高威力の広範囲攻撃はさすがに代えられるものがない。たとえ大量に矢を消費したとしてもな。……【弓術】スキルの存在価値は、本当にあれだけだ」

「……はっ。世の弓手が聞いたら唖然《あぜん》としそうな発言だな」

非常識さに、俺は思わず笑ってしまった。

弓手という職業は、深層へ行くためには【弓術】スキルが必須だと言われているのだ。もちろん深層へ潜れる弓手であっても、レベル【65】で解放される〝月雨〟を使える者などほぼいない。

こいつの言うようなスタイルは、これまでもこの先も、きっと真似できるやつなんていないのだろう。

俺は天井を仰ぎながら言う。

「贅沢なこった。俺は【弓術】でもいいから武器スキルが欲しかったよ」

「そうだな。〝矢斬り〟でも使えれば、貴様のそのどうしようもないスキルも生かせただろうが」

まったくだ、と思いながら、俺は自分のステータスを開く。

スキルのリスト欄。そこには、ただ一つのスキルのみが記載されていた。

【残心】。

こいつの効果は、『武器スキルの発動後に一定時間の無敵状態が発生する』というものだ。

だが俺は、これ以外のスキルを持っていない。当然武器スキルも。

だから俺は、【残心】の発動条件を決して満たせないのだ。

「貴様を追い出した連中の気持ちがよくわかる」

レダンはこちらを見もせずに言う。

「今だから言うが、初めに聞かされた時は詐欺を働かれたような気分だった。深層へ潜れるほどレベルを上げるには、スキルの所有がほぼ必須だ。だが貴様は、スキルを持っていると言いながら、実質的にはスキルなしも同然だったからな」

「嘘はついてねぇだろ。それにてめぇと出会った時にはすでに俺は深層冒険者だった。詐欺もクソもねぇ」

俺は吐き捨てるように答える。

パーティーの足手まといにはなるまいと、がむしゃらにレベルを上げた。

スキルを多く持つ新人が入り、お役御免というように追い出されても、ソロでダンジョンへ潜り続けた。

おかげで今は最上位クラスのパーティーを率いる冒険者だ。今やこれまで俺を追い出してきた連中の、誰よりもレベルが高く、誰よりも稼いでいる。

しかし一方で、こいつの言う通りでもあった。

逆の立場だったならば、俺でも同じように感じていただろう。

俺は負け惜しみのように、皮肉を込めた笑みとともに言う。

「ま、その性格のせいで追い出されてきたてめぇよりはマシだ。人間的にな」

「……ふん」

レダンは、鼻を鳴らしただけだった。

短い沈黙の後、俺は再び訊ねる。

「……お前、そんなんでやっていけんのかよ。村に帰るんだっけ？」

「ああ」

レダンは短く答える。

俺はなおも言う。

「村の連中には同情するぜ。お前みたいなのと肩を並べて畑を耕すなんてな」

「畑は持たん。狩人になるつもりだ。冒険者になる以前のようにな」

「……ふうん」

俺は頭の後ろに手を組み、他人事のように言う。

「苦労するねぇ。稼ぎのいい冒険者稼業を捨てて、それ以上に危険な狩人に戻るだなんて」

「冒険者としては、すでに先が見えた」

レダンがそっけない調子で言う。

「だから続ける気がなくなった。それだけだ」

「……」

俺が無言を返すと、レダンが独り言のように続ける。

「貴様は、冒険者を続けるのだろうな」

「……」

「他に能のない貴様のことだ。このろくでもない稼業にでもしがみつくしかないのだろう」

「……」

もちろん、そんなわけはなかった。

俺たちはもはや高給取りだ。今までの金と、武器や装備や貴重なアイテムを売った金を足せば、店を持てるほどの財産になる。そうでなくとも故郷で畑を持ったり、高い運搬上限を生かして運搬屋で細々と暮らすこともできる。

俺たちは全員、すでに冒険者をやめる選択肢が生まれていた。

だから、こんな考えは気色悪くて仕方ないのだが――レダンは俺に、自分がいなくなった後も冒険者を続けてほしいと言っているのかもしれない。

しかし……俺はレダンの脱退を機に、『星狩』を解散させるつもりでいた。

「……。俺は……」

答えかけた俺の前に、影が立った。

顔を上げると、そこにいたのは魔導士の少女、ピケだった。

その表情に乏しい顔が口を開く。

「ヒューゴ、十五分経った。行こ」

「……」

ステータス画面で時刻を確認すると、本当に十五分経っていた。

俺は立ち上がって言う。

「そうだな。よし、行くぞお前ら」

パーティーメンバーのろくでなしどもが、各々立ち上がる。

俺が体を伸ばし、装備を確認していると、ピケが再び話しかけてきた。

「ヒューゴ、見た？　この先の」

「なんだ？　この先？」

「私、セーフポイントに寄る前に、ちょっと見てきた。この先に一本道があって————…………

＊＊

俺たちは、魔王城の十三層に到達していた。

床はすでに、ただの岩肌から石畳へと変わっている。壁もまるで人が整えたかのように平らになり、燭台まで設置されていた。

メリナの言っていたとおり、居城系のダンジョンに近づいているように見える。

出現するのは相変わらず何の変哲もないモンスターばかりだが、レベルが高い。

普通のダンジョンなら中層序盤といった階層にもかかわらず、難易度的にはすでに深層の域に達している。

「あ、セーフポイントみたいですね」

角を曲がった時、ココルが声を上げた。

その言葉の通り、進行方向の片隅に、うすぼんやりと光る泉と噴水が見える。

俺は安堵《あんど》の息を吐く。

「よかった。ここで一度休むか」

ここまでそれなりに歩いた。まだ少し早いかもしれないが、休息を入れてもいい頃合いだろう。

セーフポイントに近づく。

いざ足を踏み入れようとしたその時、後ろでテトがふと言った。

「あれ。この先……」

「ん？」

俺は足を止めて振り返る。

テトはセーフポイントではなく、通路のさらに先を見ていた。

「どうしましたか？　テトさん」

「見てあれ。この先、なんかおっきな部屋に繋がってるみたいだよ」

言われて、俺もそちらに視線を向ける。

見ると確かに、地下牢系ダンジョンにも似た通路の先には出口があり、どうやらひらけた空間に繋がっているようだった。

メリナが眉をひそめて呟く。

「……何かしらね。固定シンボルでもいるのかしら」

「何かいるとしたらそうでしょうけど……」

「それか単に、モンスターがたくさん出る部屋かもね」

テトが、続けて俺に問いかける。

「休憩の前に、この先だけちらっと見ておかない？　ちょっと気になるし、セーフポイントで作戦立てられた方がいいよ」

「そうだな……」

テトの言うこともっともだった。

普段のペースを考えると、まだ皆の体力にも余裕があるはず。何かあってもセーフポイントに逃げ戻ればいいだけだ。問題ないだろう。

俺はうなずいて言う。

「じゃあ、この先の部屋だけ確認して休もう。それでいいか？」

「オーケーです！」

「問題ないわ」

「さんせーい」

セーフポイントの横を通り過ぎ、再び通路を進む。

そして、その空間に出た。

「わぁっ」

「何これすごっ！」

「こうなってたのね……」

皆が口々に驚きの声を上げる。俺も思わず目を瞠《みは》った。

通路の先にあったのは、広大な空間。それと、崖の上を進む一本道だった。

入り口から延びる、数人並んで通れるくらいの幅の道が、大きく曲線を描くようにして、右手にある切り立った岩壁にあいた穴へと続いている。

道の脇に、壁や柵などはない。

崖の下には溶岩が煮えたぎっている。奈落のように落ちても即死はしないものの、触れればＨＰがものすごい速さで減っていくギミックだ。もっともここの場合は、落下ダメージだけでも死にかねない地形だが。

このような地形は、決して見ないわけではない。崖にしろ溶岩にしろ、深層では特に珍しくないものだ。

しかしここまで広大な空間に、ただ一本の道だけが延びるような場所は初めてだった。眼下の溶岩湖も相まって、かなり壮大な光景だ。

ふと、隣でテトが一本道へ足を踏み出した。俺はあわてて声をかける。

「お、おい」

「もうちょっとだけ進んでみようよ。これ、たぶんモンスターは出ない道だよ」

テトが振り向いて言った。

確かに、モンスターが出現しそうな雰囲気はない。しかし俺は、妙な予感がし始めていた。

どうにも不自然である気がする。ひょっとすると、テトも同じように感じているからこそ気になっているのかもしれないが。

迷うようにメリナとココルへ目を向けると、意外にも二人は乗り気であるようだった。

「いいんじゃないかしら。行ってみましょう、アルヴィン。私も大丈夫だと思うわ」

「戻ろうと思えばすぐに戻れますしね。一応、警戒だけはしておきます」

「……わかった」

意を決して、俺も一本道へと足を踏み出す。

その道は、歩き出してみると意外と広く感じた。少なくともよろけて足を踏み外すようなことは起こりそうもない。

溶岩湖に挟まれた雄大な景色の中、一本道はゆるいカーブに差し掛かる。

と、その時、わずかに先行していたテトが声を上げた。

「……あっ、あれ見て！」

そう言って、溶岩湖の先を指さす。

俺は思わずそちらに目を向ける。

「っ……！」

溶岩湖の中央付近。そこに、一体のモンスターがいた。

それは犬に似た姿をしていた。

胴体や脚などはほぼそのまま。大きさこそ規格外で、人間が見上げるほどではあるものの、毛並みや脚の生え方などは普通の犬と変わりない。

ただし、その頭は三つあった。

「ケルベロス、か……」

三頭を持つ、犬型モンスター。道中で出遭うことはまずないものの、中ボスとしてならまれに見かけることがある。

ただあれは、普通のケルベロスとは少々違うようだった。

メリナとココルが、溶岩湖のケルベロスを見ながら気味悪げに呟く。

「初めて見るケルベロスね。溶岩の上にいるけど、あれは氷属性、なのかしら……？」

「でも、なんだか……変な色してますね」

ココルの言うとおり、そのケルベロスは少々奇妙な色合いをしていた。

青白い毛並みは、氷属性のようでもある。しかし、よく見る涼しげな水色というよりは、まるで青ざめた皮膚といった色合いだ。

青白いケルベロスは、溶岩湖から突き出た岩の上で三つの頭を下げ、うつむくようにして目を閉じていた。

見ている限り、微動だにしない。

よくよく観察すると、ケルベロスの周囲には他にも、足場になりそうな岩の小島が点々と突き出ている。

俺はそれを眺めながら呟く。

「固定シンボルか……？　あの小島を飛び移りながら戦う感じなんだろうか」

「そうなんじゃないかしら。けっこう難しそうね。事前情報なしではあまりやりたくないかも」

「溶岩に落ちたら大ダメージですもんね……。最悪、攻撃にびっくりして岩から落ちてそのまま……ってこともありえそうです」

「ねえちょっと、みんな気づいてないのっ？」

その時、テトが焦ったように言った。

俺は首をかしげて問い返す。

「え、何が？」

「ほらあそこ！」

と言って、テトが再びケルベロスの方を指さす。

指の先に目をこらした俺は……次の瞬間、思わず身を乗り出しそうになった。

「あっ！」

「メ、メリナさん見てくださいあれ！」

「あそこにいるの……もしかして冒険者？」

ココルとメリナも驚いたような声を上げる。

ケルベロスのさらに奥、壁際から突き出た岩場に、三人の冒険者らしき人影が立っていた。

武器や装身具を見るに、剣士に魔導士、それから神官だろうか。三人パーティーとしてはよくある構成だ。

だが、遠目にもあまり強力そうな装備には見えない。せいぜい中堅パーティーといったところか。顔まではよく見えないが、編成や装備に見覚えはないし、少なくとも前線に出てこられるほどのパーティーではなさそうな気がする。

三人は岩場に立ったまま、途方に暮れたようにその場でじっとしていた。

「もしかしてあれ……動けないんじゃないの？」

テトが冒険者たちを見ながら言った。

俺は訊き返す。

「どういうことだ？」

「あの場から近くの小島に飛び移ると、ケルベロスに近づくことになるでしょ？　そうなるとぜったい動き出してくる。ＨＰが減ってるとか、レベル的に相手できる自信がないとかで、戦闘に入りたくないんだよ。きっと」

あらためて見ると、確かにそのようにも見えた。

あそこから移動しようとすれば、どうやってもケルベロスの近くを通ることになるだろう。そうなればまず、起き出してくる。逃げるにせよ、一度戦闘に入ることは避けられない。

高難度の階層で、固定シンボルを避けようとする行動自体は、特に珍しくなかった。

ただ、少し妙な気もする。

「待って。おかしくない？」

メリナも同じように思ったのか、少々訝しげに声を上げた。

「それならあのパーティーはどうやってあそこまで行ったのよ？　来た道を戻ればいいだけじゃない？」

「あそこまで行ってからギミックで溶岩が出てきて、来た道がなくなったのかも。それか、ケルベロスの方が後から出てきたとか」

「……そんなこと、ある？」

「モンスターの前で引き返せなくなるようなギミックは珍しくないよ。ボクだって、盗賊のAGI《敏捷》補正か【壁走り】がなかったら詰んでたような場所がたくさんあったもん」

テトの言い分は、おそらく正しいのだろう。

俺も自分で経験したことこそないものの、そのようなダンジョンの情報は何度か耳にしたことがある。

だが……これはそういったものなのだろうか？

基本的に固定シンボルは、向かってくる冒険者の方を向いて配置されるものだ。

しかしあのケルベロスは、三人のいる壁際ではなく、こちら側に頭がある。どちらかと言えば、一本道に立つ俺たちを向いているかのようだった。

俺は口元に手を添えると、三人の冒険者の方へ声を張り上げる。

「おーいっ!!　大丈夫かーっ!?」

返事は返ってこない。

動きにも変化がなく、声に反応すらしていない様子だ。

「……あのー!!　大丈夫ですかー!!」

ココルが続けて叫んで大きく手を振るが、三人の様子はやはり変わらない。

手を振り返すこともなく、ただ岩場で途方に暮れたように佇《たたず》んでいるのみ。

「うーん……聞こえていないのかもしれません」

「ここからだと、けっこう距離があるものね」

「行こうと思えば近くまで行けるよ。見てほら」

テトが一本道の下を指さす。

「ここの崖だけ、ちょっと段差になってる。ここからジャンプして下まで降りられるんだ。これくらいの高さなら落下ダメージは負わないし、ギリギリ怪我もしないんじゃないかな。ただ……戻れなくなるけどね。【壁走り】があるからボクは大丈夫だけど、みんなだとこの高さは登れないでしょ」

俺はあらためて崖の下を見る。

確かに高めの段差を飛び降りていくことはできそうだが、よじ登ることは難しそうだった。

テトは続ける。

「降りた後は、岩の小島を飛び移って冒険者のいる岩場まで行ける。でもそれには……あのケルベロスを倒さなきゃだけどね」

「……」

「どうする？」

テトが静かに問うてきた。

「助ける？　あそこの連中」

俺たちの間に沈黙が流れた。

助けられるとしたら、今ここにいる俺たちだけだろう。

だが溶岩ギミックのある場所で、初見の固定シンボルを相手にするのは、さすがに軽くない危険がある。

十三層とはいえ、すでに階層の難易度は深層クラスに達しているのだ。

俺が答えに迷っていた、その時。

「わたしは……助けたい、です」

ココルが、ぽつりと言った。

「わたしたちが見捨てたら、あの人たちずっとあそこから動けないかもしれませんし……それに」

ココルがそこで、俺の方をちらと見た。

「わたしも、ダンジョンで一度助けてもらっているので……ここで知らんぷりは、できればしたくないです」

「……そういえば、私も助けてもらったものね。あの時は完全にお節介だったけど」

メリナが、ふと笑って言った。

「ボクは、どっちでもいいよ」

テトがつんと言う。

「助ける価値のないような冒険者だって、中にはいるからね。アルヴィンに任せる」

「……そうか」

俺はわずかな逡巡の後に、意を決して言った。

「それなら、助けよう」

「はい、そうしましょう！」

「わかったわ。それでいいと思う」

「オーケー」

皆、思い思いに賛成の声を上げる。

ここで見捨てることに気が引けたのは、俺も同じだった。

「ケルベロスを倒したら、『記憶の地図』を使って一度ダンジョンを出るか。せっかくここまで進んだが仕方ない」

「戻れないわけですから、それしかないですよね。あの三人も、きっと帰還アイテムを持ってないから立ち往生しているんでしょうし」

「さすがに固定シンボルを倒せば階段か何か出てくるんじゃないかしら。いくらなんでもそのまま詰むってことはないと思うわよ。最悪、テトに上から引っ張ってもらって崖をよじ登ってもいいけど」

「メリナちっちゃいし、体力ないから厳しいんじゃないかなー」

「体力はともかく、背はあなたと変わりないでしょ」

メリナとテトが言い合いを始める中、俺は言う。

「戻る手段があるのなら、セーフポイントまで戻ってもいいかもしれないな。まあそれは、あのケルベロスを倒してから考えよう」

次いで、俺は崖下を見下ろす。

「溶岩ダメージは、耐暑ポーションで軽減できる。みんな用意はあるか？」

全員がうなずく。

万一の時のために、一通りのアイテムを準備してきてよかった。

「よし。それと、ココル」

「は、はい！」

「《耐暑》バフを頼む。あれは耐暑ポーションと効果が同じだが、溶岩ダメージの軽減は重複したはずだ」

「わかりました！」

ココルが意気込んだように言う。

ポーションとバフの両方があれば、溶岩ダメージもそれほど怖くなくなる。

俺は大きく息を吸って、吐いた。

魔王城十三層の難易度は、普通の深層三十五、六層といったところだろうか。

俺たちの平均レベルを考えれば、初見の固定シンボルであろうと余裕を持って倒せるはずだ。

「……よし、行こう」

かけ声とともに、崖を降り始める。

段差といえどかなり高さがあり、飛び降りるには少し怖いほどだ。

それでも、全員が順番に崖下へと降り立った。

「みんな、落下ダメージや怪我はないな」

確認しながら、俺は思わず顔をしかめる。

間近で煮えたぎる溶岩は、さすがに熱かった。

ポーションやバフがなければ戦っていられないくらいだろう。間違っても落ちたくない。

全員で耐暑ポーションを飲むと、熱気はだいぶ和らいだ。

さらにココルに《耐暑》バフをかけてもらい、俺たちは先へと進むことにする。

岩の小島を飛び移っていく。

足場がかなり悪い。これは立ち回りがシビアになりそうだ。その分、難易度が低くなっているといいのだが。

「……」

次第に、ケルベロスの巨体へと近づいていく。

間近で見ると、やはり気味の悪い色合いだった。一応氷属性ではありそうだが、水や氷の青というよりは、死体の青白さだ。ゴースト系のモンスターにも近い気がする。

「……」

それから、冒険者たちにも目を向ける。

ケルベロスの向こうに見える三人は、相変わらず立ち尽くしているだけだった。近づいてくる俺たちを見て、声で呼びかけてくることも、身振り手振りで何か伝えようとしてくることもない。

ケルベロスの正面の小島に飛び移りながら、俺は皆へと言う。

「そろそろ動き出すかもしれない。気をつけ……」

『――ある時、我が息を吐いた』

その時――広大な空間に、声が響き渡った。

巨大なケルベロスが、緩慢にその三つの頭を起こし始める。

『すると、青ざめた霧が地上を覆い尽くし、生きとし生けるものの間に悪疫が蔓延《はびこ》った』

皆が、急いで俺の立つ小島に飛び移ってくる。

演出が始まったようだった。

ただ……俺は内心で首をかしげる。

固定シンボルに演出がついている例は、あまりない。

『人々は咳をした。あるいは、嘔吐《えず》いた。あるいは、熱に冒された。あるいは、腫瘍に蝕《むしば》まれた。あるいは、引きつけを起こした。あるいは、水を飲めなくなった』

ケルベロスが、完全に頭を起こした。

合計六つの目が、俺たちを見下ろす。

三つの口は動いていないにもかかわらず、広大な空間には低い声が響き渡っている。

『人々は悪疫を恐れた。苦しむ隣人の家に火をつけた。水や食物にありもしない病原を見出し、飢えた。救いを求め、奇怪な神の奇怪な教えにも従った。交流が途絶え、叡智《えいち》が、伝統が、文化が失われた』

テトがぽつりと呟く。

「なんか……変な演出」

「九層のテキストと、少し似てるわね」

メリナが険しい表情で言う。

「まるで……ダンジョンの外で、それが本当に起こっているみたいに話してる」

声はなおも続く。

『それにもかかわらず、人間は――――未だ、希望の光を絶やしていない』

『どこまで足掻《あが》くか、人間よ』

『よもや、すべての災厄の根源を見つけ出すとは』

　よく聞くと、声は微妙に高さの違うものが三種類混じっていた。

　それぞれの首が喋《しゃべ》っている、という設定なのだろうか。

　そろそろ演出も終わりそうだったので、俺は奥にいる冒険者三人に向けて叫ぶ。

「おーいっ！　戦闘が始まるから、一応気をつけておいてくれ！」

　相変わらず、三人からの反応はなかった。ここまで近づいた以上、声が聞こえていないことはないと思うのだが。

『しかし、それも無意味なこと』

『その剣は、魔王には届かぬ』

『生きとし生けるものは、悪疫の前にただ朽ち果てるのみ』

　まあとりあえず、あっちにヘイトが向くことはないから心配はいらないだろう。

「まずは、目の前の相手に集中だな」

　俺は剣を抜く。

　同時に、青白い三頭犬が牙を剝いた。

『四天王第一の円環にして第四の騎士』

『疫病の〝カイーナ〟』

『この先へ進まんとする者は、一切の希望を捨てよ』

言葉が終わると同時に。

ケルベロスの上方に、一つの文字列が現れる。


〈ペイル・ケルベロス・ジャームスプレッダー〝カイーナ〟〉


ココルが驚いたような声を上げる。

「ええっ、これもしかして中ボスですか!?」

「そんなことだろうとは思ったけどな」

俺はわずかに苦笑しながら言う。

モンスター名の自動表示は、ボスか中ボスでしか起こらない現象だ。やはりただの固定シンボルではなかったらしい。

普通、中ボスもボスのように扉付きの部屋に出てくるものだが、ボスとは違ってけっこう例外があったりする。

いずれにせよ、戦う相手に変わりはない。

「――――よし、やるか」

＊＊

ケルベロスは三つの頭で雄叫びを上げると、溶岩を撒き散らしながら突っ込んできた。

俺は小島の上にとどまったまま、剣を構えて待ち受ける。

「ぐっ……！」

突進を、剣を立てて受け止めた。

そこから繰り出される中央の頭の噛み付き攻撃を、剣身をずらして防ぐ。

ステータス画面のＨＰをちらと見るも、それほど減っていない。

「やっぱりこの程度か……」

レベル差もあるのだろうが、モーションの派手さの割には攻撃力が低いようだった。

溶岩ギミックがあるためだろうか。

それならやはり、小島から落ちないよう気をつけるのが最優先か。

『グゥウッ……!!』

テトに横から胴体を斬りつけられ、三頭犬が呻《うめ》く。

仰け反り《ノックバック》こそ起こらなかったものの、かなりのダメージが入ったのか、一瞬でヘイトがテトへ向いた。

三つの頭に狙われながらも、盗賊らしい身軽さで、テトは小島から小島へ飛び移っていく。

「弱点部位は、たぶん鼻面か口の中ってとこかなー。こんな感じっ！」

言いながら、テトが投剣を放つ。

それはケルベロスの中央の頭、その鼻先へ吸い込まれるように突き立った。

『ガァウッ……!?』

ケルベロスが仰け反《ノックバック》りし、たたらを踏んだ。

この程度のダメージ蓄積で仰け反《ノックバック》りを引けるのなら、攻撃力ばかりでなく耐久も低いようだ。

「そろそろ撃っても大丈夫かしらね」

メリナが呟くと同時に、火属性魔法の火球が飛んだ。

それはよろめくケルベロスに直撃し、再び激しく仰け反《ノックバック》りさせる。

メリナは迷い気味に言う。

「これ……弱点属性は突けたのかしら？　一応色が氷っぽかったから、火にしたんだけど……」

「わからないが、相当なダメージを稼げたのは確かなようだな」

「あっ、もう攻撃パターンが変わりそうですね」

ココルの言うとおり、ケルベロスは全身を震わせ、何か青白いオーラのようなものを纏い始めた。

こういうのは見た目だけで特に効果はないことが多いが、一応気をつけなければ。

『ゴォウッ!!』

先ほどよりも素速い突進。

向かう先は、離れた小島にいるメリナだ。

「私っ？」

メリナがあわてて隣の小島に飛び移ると同時に、俺がケルベロスの前に躍り出る。

三つの頭をすべて使う、三連続となった噛み付き攻撃をいなしながら、メリナへと叫ぶ。

「あんまり無理しなくていい！　魔法だと火力が高いせいでヘイトを稼ぎすぎるみたいだ！　しばらくは俺とテトに任せてくれ！」

「わ、わかったわ！」

メリナが叫び返してくる。

普通、一度仰け反《ノックバック》りするほど前衛が攻撃を叩き込めば、後衛が多少ダメージを出してもそれほどヘイトは向かない。

だがこのケルベロスは魔法耐性も低いのか、火球のダメージが接近やガード、攻撃回数などで稼いだヘイトを一瞬で奪い返してしまったようだ。格下相手だとたまにこういうことが起こる。

もうしばらく俺とテトでダメージを稼ぐしかないだろう。

だが。

「うわっ！」

「おっと……！」

中央で暴れるケルベロスが、新たな攻撃パターンとして溶岩を撒き散らしてきた。

前に詰めていた俺とテトは、あわてて小島を飛び移って避ける。

「め、面倒だな……」

溶岩の海を見下ろし、思わず顔をしかめる。

モンスターよりも、この足場の悪さが厄介だった。

ケルベロスのモーションの隙にうまく接近のタイミングを合わせられず、何度も攻撃の機会を逃してしまう。

それでも軽い仰け反り《ノックバック》を二、三度引き、ダメージとヘイトを稼いだその時。

『グルルル……』

ケルベロスがうつむいたかと思えば、三つの頭の口元に小さなエフェクトがちらつき始めた。

俺は皆へと叫ぶ。

「ブレスが来るぞ！　たぶん！」

一瞬の後。左の頭が口を大きく開き、本当にブレスを吐いてきた。

白いエフェクト。氷属性の氷凍ブレスだった。効果範囲の溶岩の海が白く凍り付いていく。

しかし俺もテトも、その範囲からはきっちり逃れていた。

左の口が開くやいなや、すぐに右へ右へと小島を飛び移っていたのだ。左の頭はブレスの寸前まで俺たちを狙っていたが、案の定、中央と右の頭が邪魔で首を回しきれなかった。予想通りだ。

テトが笑いながら言う。

「なんだ、簡単じゃん……ってこっちも!?」

今度は右の頭が口をがばりと開いた。事前エフェクトはあったのだから当たり前だが。

俺は言う。

「防御スキルで防ぐしかない！　最後の真ん中のは全力で避けろ！」

「オッケー！」

次の瞬間、右の口からブレスが吐き出される。

冷気が全身を包み、視界が白で覆われるが、俺は〝パリィ〟で防御済み。テトも【短剣術】の防御スキルで防いでいた。ＨＰも減っていない。

問題なさそうだった。再びテトへと叫ぶ。

「最後、真ん中だ！　左右に散るぞ！」

「オッケー……どわっ!?」

突然、素《す》っ頓狂《とんきょう》な声とともにテトが転んだ。

駆け出そうとした俺も、足が滑って体勢が崩れる。

「なっ……」

俺は目を見開く。

足元の小島が、周囲の溶岩ごと白く凍り付いていた。

「こ、これ氷床《こおりゆか》になるのか！」

氷床とは、ダンジョンのギミックの一つだ。

この上に立つと歩くことができず、最初に飛び乗った方向へ延々と滑り続けることになる。

いきなり足元が氷床に変わった場合、どうなるのかわからなかったが……どうやらその場から動けなくなるらしい。

氷床にへたり込む俺たちへ、中央の頭が口を開く。

「げっ！　これ直撃!?」

「くっ、ストレージだけでも開いておくんだ！」

防御スキルもこの体勢からは使えない。何かあった時のためにすぐアイテムを取り出せるようにしておいた方がいい。

中央の口だけは、エフェクトの様子が微妙に異なっていた。

氷属性の澄んだ水色のエフェクトではなく、本体と同じ青ざめたような色をした、不気味なエフェクト。

次の瞬間、ブレスが吐き出された。

青白いブレスは、一瞬のうちに俺とテトを飲み込む。

衝撃はない。ＨＰの減少もなかった。だが、視界の隅に《状態異常：毒》の文字が出現。同時にステータス画面に、紫色の髑髏《ドクロ》マークのアイコンが点灯する。

「毒ブレス、か……」

猛毒でもない、通常の毒状態。

どうやら、他に効果はなさそうだった。

安堵とともに若干拍子抜けしながら、俺はテトへ呼びかける。

「解毒は焦らなくてもいい、タイミングを見計らってからで……」

だが、言い終える前に――状態異常回復《キュアー》のエフェクトとともに、ステータス画面から毒のアイコンが消え去った。

思わず目を丸くする。

「あっはっは！　やーっぱり毒吐いてきましたねっ」

後ろでココルが、高笑いとともに言った。

「疫病がどうだとか、ネタバレしすぎなんですよっ」

どうやら演出の内容から、毒ブレスの存在を事前に予測していたようだった。

それでもここまでタイミングを合わせられるのは、さすがと言うほかないが。

テトが後ろを振り向いて言う。

「サンキュー、ココル！　でも次の突進も喰らうから治癒《ヒール》の準備よろしく！」

「任されましたっ！」

前方のケルベロスは、すでに岩を蹴っていた。

足元の氷はすでに融《と》け始めているが、タイミング的にぎりぎり間に合わない。

なんとか〝パリィ〟を決められたらと、ふらつきながら立ち上がったその時。

「もういい加減いいわよね！」

背後から、火球が飛んだ。

それは突進を始めていたケルベロスの鼻面に命中。激しく仰け反り《ノックバック》させる。

後方からメリナの、しまったというような声が聞こえた。

「もしかして、返り討ち《カウンター》になっちゃったかしら……？　ヘイト稼ぎすぎてたらお願いっ！」

「ああ、わかった」

氷の融けた岩の上で、俺は軽く笑って立ち上がる。そのくらい、お安いご用だ。

ケルベロスがよろよろと立ち上がる。

おそらくまた、攻撃パターンが変わっただろう。どの頭も眼光が鋭くなり、怒り狂ったように牙を剥き出しにして涎を垂らしている。

『グフゥウゥー……！』

その時、左右の頭の口元に氷属性のエフェクトがちらついた。

乾いたような、甲高い音とともに水色の氷が生み出されていく。やがて形となったのは――――

二振りの氷の剣だった。

透き通った剣を咥《くわ》える左右の頭を眺めながら、俺はわずかに笑って言う。

「少しだけ騎士らしくなったな」

『ゴォウッ!!』

両の剣を振りかぶり、ケルベロスが突進してきた。

右の斬り下ろしを〝パリィ〟で受ける。左では、テトが屈むようにして横薙《よこな》ぎを避けていた。

わかりやすいモーションだった。口で咥えている都合上、動きが大ざっぱにならざるを得ず、初見でも攻撃が読みやすい。

すでに地形にも慣れてきていた。

三頭犬の猛攻を余裕を持ってしのいでいく。隙を見て俺とテトで攻撃を叩き込み、メリナの魔法で大ダメージを与える。

ケルベロスの変化は一応剣だけではなく、その身に纏うオーラにもおよんでいた。

これまでよりも一層強くなり、色合いも本体と同じ、青ざめたようなものに変わっていたが……どうやら見かけだけのようだった。触れても効果がない。ただ少しだけ、本体が見にくくなるだけだ。

戦闘が佳境に入ったと誰もが感じていたその時、ケルベロスが左右の剣を溶岩の海に捨てた。そして再び、あの三連ブレスのモーションに入る。

「たぶんだが、さっきと違うぞ！」

「わかってるー」

俺が言うと、テトが軽く返してくる。

次の瞬間、左右両端の頭が大口を開けた。

「今度は両方同時かっ」

どちらに走ろうが避けられない。

ならばギリギリまで引きつけてから躱《かわ》そうと、ブレスが吐かれる寸前まで待ってから横の小島へ飛ぶ。

しかし右の頭は、俺を追跡するようにブレスを横薙ぎに払ってきた。

「くっ……」

仕方なく〝パリィ〟で防御する。

ココルの《毒耐性》バフがかかっているために、中央のブレスはもう怖くない。

だが、足元の小島は氷床に変わってしまったので、融けるまで動けなくなってしまった。

――――その時。

「チャーンス！」

中央の頭が毒ブレスのモーションに入る中、後方でテトの声が聞こえた。

俺は思わず振り返る。

テトは防御スキルを使わず、氷凍ブレスの効果範囲の外まで後退していたようだった。

前衛のセオリーには反するが……何か意図を感じる。

「よっ、と」

かけ声とともに、テトは岩の小島から、ブレスでできた氷床へ勢いよく飛び乗った。

氷床は最初に飛び乗った勢いのまま、同じ方向へ延々と滑り続けるギミックだ。

ブレスの効果範囲にできた氷床は――溶岩の海をも凍らせて、ケルベロスまでの道を作っている。

氷上を滑りつつケルベロスへと迫るテトが、愉快そうに笑って言った。

「ははっ、バカな犬だなぁー！」

中央の頭が毒ブレスを吐き出す。

正面から氷床を進むテトは、もろにそれを喰らってしまう。だが《毒耐性》バフがかかっている今、それはなんの効果ももたらさない。

三つの頭の眼前で、テトが跳んだ。

「自分から足場なんて作っちゃってさっ！」

ナイフが閃《ひらめ》き、オレンジ色の軌跡が奔《はし》った。

中央の頭の鼻面に、【短剣術】スキルの一つ、〝スタッブ〟が叩き込まれる。

『ガァウゥウ……ッ』

ケルベロスが、呻き声とともに激しく仰け反《ノックバック》りした。

巨体が大きくふらつき、後ずさる。

「お？　もしかして……あっつ！」

融けかけの氷床に着地したテトが、溶岩に落下してしまいあわてて小島まで飛び移った。

そのままナイフを構えることなく、ケルベロスの様子を見守る。

おそらくもう、戦闘は終わっていた。

『どこまで足掻くか、人間よ……』

『よもや、この我を倒すとは……』

『しかし我は、四天王の中でも最弱……』

オーラが消え、急にボロボロになったように見えるケルベロスが、呻《うめ》くように言う。

それは明らかに、終わりの演出だった。

『悪疫も消えぬ……』

『魔王を倒さぬ限り、災いは止まらぬ……』

『この先で知るがいい、人間ども……』

中央の頭が、俺たちを恨めしげに睨む。

『もはや希望など、どこにも残されていないことを……』

そんな台詞《せりふ》を最後に――青白いケルベロスは、壮大なエフェクトとともに砕け散った。

＊＊

四散するケルベロスのエフェクトを、俺はわずかな安堵とともに眺めていた。

ふぅ、と息を吐く。

安全に終えられてよかった。難易度を考えると余裕はあったが、事前情報の無さと溶岩ギミックが少々不安だった。しかし、それも杞憂《きゆう》だったようだ。

「やりましたね！　中ボス討伐達成です！」

「案外すんなり終わったわね。お疲れさま、みんな」

ココルが嬉しそうにメイスを振り、メリナも軽く杖を掲げている。

俺も思わず笑みが浮かぶ。

「……んっ？　あれちょっと待って!?」

そんな中、テトが急に声を上げた。

俺は戸惑いながら問いかける。

「ど、どうしたんだ？」

すると、テトは俺たちの方へ顔を向け、愕然《がくぜん》としたような表情で言った。

「ドロップアイテム落ちてなくない!?」

「え？」

「あっ……そういえば」

「そうみたいね……」

辺りを見回すが、確かにモンスターを倒せば落ちるはずのアイテムがどこにも落ちていない。

それどころか、コインすらも見当たらなかった。

「よ、溶岩に落ちちゃったんでしょうか……」

「……いや、思い出してみると、エフェクトが散っている最中にもアイテムは見かけなかった気がするぞ」

「アイテムを落とさない中ボスだったってことかしら……？　そんなのもいるのね」

「うわー、なにそれ!?　最悪じゃん！　こんなモンスター何のためにいるんだよー！」

よほどショックだったようで、テトは頭を抱えていた。

キルをとるくらいがんばっていたし、無理もないかもしれない。

俺はおだやかな笑みとともに、テトの肩に手を置く。

「まあ、仕方ないさ。こういう時もある。この感じ、俺は少し懐かしくなったよ」

「……アルヴィン、こんな思いしながらよく冒険者続けてたよね……」

テトがなんとも言えない表情で呟く。

俺だってうんざりしていたが、食っていくためには仕方なかったのだ。

ココルが気を取り直すように言う。

「落ちなかったものはしょうがないです。こういう中ボスだったと思ってあきらめましょう。それより、思ったんですけど……」

そこでココルが、真面目な顔で言った。

「……なんか、すっごく弱くなかったですか？」

「それ、ボクも思った。いくらなんでも手応えなさ過ぎかなーって」

「三十五、六層相当の中ボスと考えると、確かになぁ」

攻撃力も耐久も、魔法耐性も低かった。

いくらギミック付きの部屋とはいえ、あっけなさ過ぎた気もする。

「……たぶん、なのだけど」

メリナが口元に手を当てながら言う。

「毒ブレス、あったじゃない？　あれ本当は、ただの毒状態にするブレスではなかったんじゃないかしら」

「えっ、どういうことですか？」

首をかしげるココルに、メリナが説明する。

「毒ブレスって、普通は紫色でしょ？　でもあれはケルベロス本体と同じような、変な青色をしていたわ。だから本当は、他の効果も複合していたんじゃないかと思うの」

「他の効果って、たとえば？」

「たとえば、《筋力減少・小》や《敏捷性減少・小》のようなデバフ……とか」

メリナの言葉に、俺は考える。

確かに、複数の追加効果を持つような攻撃は珍しくない。その場合、エフェクトもそのモンスター独自の色になることがある。

それを踏まえると、あの奇妙な色のブレスもそうである方が自然に思えるが……。

俺はメリナへ言う。

「だがあのブレスは、本当に毒しか効果がなかったぞ」

「このパーティー、小ランクデバフは無効でしょ？」

と言って、メリナがテトに顔を向けた。

ぼけーっと聞いていたテトが、はっとしたように言う。

「……あっ、まさかボクの【ミイラ盗り】で無効になってたってこと!?」

「そうじゃないかと思うのよね」

メリナの言葉に、俺は納得した。

なるほど。確かにそう考えるといろいろ辻褄《つじつま》が合う。

小ランクデバフに関してはもう受けないことが当たり前になっていたので、正直意識すらしていなかった。

「でもさ、小ランクデバフがちょっと付いてたところでそこまで影響なくない？」

「たくさん複合していたとしたらどう？　《全ステータス減少・小》とかも含めて」

「いかにもありそうですね。病気がモチーフのモンスターみたいでしたし」

「もしも《全ステータス減少・小》と、他の小ランクステ減デバフがすべて複合していたとしたら……パラメーターすべてが15％弱の減少か。それはさすがに厄介かもな」

仮にそれらが丸ごと無効になっていたとすれば、難易度が桁違いに変わっていたことになる。テト様々だ。

「もしかすると、オーラに触れていても同じ効果があったのかもしれないわね。色が似ていたし、意味深に大きかったし。本当は、もっとずっと難しい中ボスだったのかも」

「俺たちにとっては相性がいいボスだったんだな」

「そうね。まあ、もちろんそれだけではなくて……」

そこで、メリナは苦笑するように言った。

「あなたたちがここの地形に全然苦労していなかったのも、あったと思うけどね」

「え、いやそんなことないぞ」

「うん。普通にめんどくさかったけど」

ぽかんとして言う俺とテトに、メリナがどこか呆れたように続ける。

「後ろからだと全然そうは見えなかったわよ？　初見のはずなのに、ブレスも氷の剣もぴょんぴょん跳んで避けて……どうなってるのかと思ったわ」

「後衛にはちょっと理解できない領域です……。後半とかもう、反撃しやすい小島の位置までケルベロスを誘導してませんでした？　二人してよくそんな器用なことできますね」

「それはまあ、前衛としての慣れ、かな」

俺は頭を掻きながら言う。

「他のダンジョンも平坦な地形ばかりじゃないし、足元を破壊してくるようなモンスターだっている。今までだって近いことはやってきたからな。ただそれでも今回は、何度か溶岩に足を突っ込んだぞ」

「ボクは最後だけだったけどねー」

テトが若干得意そうに言う。

「むしろ、こういう地形の方がおもしろくて好きかな。盗賊って元々正面から攻撃を受ける職業でもないしね」

「最後なんて、氷床まで使ってキルをとってましたしね。テトさん」

「んー……あれは、たぶん元々そういう用途のギミックだったんだと思うよ。パターンを覚えたらうまく使ってねーっていう。……あ、ボクそれより、ココルの状態異常回復《キュアー》の方がびっくりしたんだけど」

「ああ、あれですか」

ココルは腕を組み、難しい顔をして何度かうなずく。

「あれは我ながら神プレイでした」

「ストレートな自画自賛ね」

「あそこまで読みがばっちり決まること、なかなかないですからね……。でも、これだから回復職《ヒーラー》はやめられません」

ココルが満面の笑みで言った。

まあ、理解はできる。自分のアイディアがうまく嵌まった時などは、冒険が面白く感じるものだ。

何はともあれ、無事ケルベロスを倒せてよかった。

ただ、何か忘れているような……。

「………あっ！」

不意に声を上げた俺に、皆が注目した。

俺はやや声量を抑えて呟く。

「そういえば、冒険者……」

「あっ」

「あー……」

「わ、忘れてましたね……」

元々、彼らを助けるためにケルベロスに挑んだのだった。

皆で一斉に、そちらへと顔を向ける。

三人の冒険者は、まだ同じ場所に佇んでいた。もうケルベロスの脅威はなくなったはずなのに、そこから一向に動こうとしない。

不審に思いながらも、俺は小島を跳んで彼らのもとへと向かう。

近づくにつれ、三人の顔や装いがはっきりとわかるようになってきた。全員俺たちとそう変わらない歳の、若い冒険者だ。装備も、近くで見ると思っていた以上に貧弱で、駆け出しから抜け切れていないような印象を受ける。

俺の中で違和感が膨れ上がっていく。

やがて、彼らのいる壁際の陸地に飛び移れる位置の小島へと降り立った。

俺は剣の柄に手を添えながら、三人へと慎重に呼びかける。

「……大丈夫か？」

間近で見た彼らの顔には、安堵の表情が浮かんでいた。

リーダーらしき剣士の男が、背後に佇む神官と魔導士の少女らとそれぞれ顔を見合わせると、俺に笑顔で告げる。

『ありがとう』

次の瞬間――彼らの姿が、ふっとかき消えた。

「ええっ、消えちゃいましたよ!?」

「な、なんで……？　帰還アイテムでも使ったとか？」

「……違うわ」

俺の後ろに来ていたココルとテトが驚いた声を上げる中、メリナが険しい表情になって言う。

「彼らの存在も、きっと演出の一つだったのよ」

「ど、どういうことですか……？」

「遭難した冒険者を助けさせる、っていう演出だったんじゃないかしら。最初から変だと思ってたのよね……。あんなところにいて、こっちの呼びかけにも反応すらしないなんて」

「え、それじゃあ……あの三人は、本当はいなかったってこと？」

「そういうことね。あなたも予想してたんじゃないの？　アルヴィン」

メリナに言われ、俺は小さく息を吐いて言う。

「いや……妙だとは感じていたが、ついさっきまでは本物の冒険者だと思っていたよ。かなりリアルだったしな」

疑いは持っていたが、はっきりと確信できたのは装備を間近で見た時だった。

深層の難易度があるこの階層にまで、駆け出しの冒険者が潜ってこられるはずがない。

危険な追加ギミックであることまで覚悟していたので、正直消えてくれてほっとしていた。

おそらくはメリナの言う通り、あの冒険者たちを助ける目的で、ケルベロスに挑ませるような趣向の演出だったのだろう。

「ただ、それで終わりではないだろうけどな……」

そう呟くと同時。

部屋全体に、ゴゴゴゴという重い音が響き渡り始めた。

「えっ、今度は何っ!?」

「なんなんですかこの部屋はーっ！」

混乱した様子のテトとココルに、俺は予想していたことを告げる。

「ここは一方通行の場所だ。降りたところから崖の上の道には戻れず、このままだと帰還アイテムや特殊なスキルがない限り詰むことになってしまう。だから普通に考えて、ケルベロスを倒せば新しい道が現れると思うんだが……」

その時、三人の冒険者がいた陸地の背後の岩壁が、音を立てながら崩れ始めた。

そして現れたのは……、

「も……門、ですか？　これ……」

その威容を見て、ココルが呆然《ぼうぜん》と呟く。

岩が崩れて出現したそれは、どうやら門であるようだった。

灰色をした石造の門で、そのいたるところに、人体のような意匠がいくつも彫り込まれている。

真上には石に座り込み、何やら思い悩んでいるような人物の彫刻が据えられている。ただそれ以外の人体はどれも抽象的で、まるで門に取り込まれかけているようにも見えた。

その扉は、開け放たれている。

どうやら俺たちは、ここを通ることを許されているようだ。

メリナが門の奥の暗闇を見つめながら呟く。

「……やっぱり、戻るんじゃなくて先へ進む道が出てきたわね」

「ああ。ケルベロスもそんな感じのことを言っていたしな……。きっとこの先に、魔王とやらがいるんだろう」

俺は呟くように言う。

「さて、ここからどうするかだな……。進むか、戻るか」

皆を振り返って続ける。

「けっこう予想外のことが起こっているからな。戻るのもありだと思う。『記憶の地図』を使ってもいいし、崖の上まで登れる場所を探してもいい。中ボスと戦って戻れなくなるのはさすがに理不尽だから、そっちの道もたぶんどこかしらにはあるだろう」

ダンジョンはバランスが取れているものだ。

強敵の後に退路が断たれるなんてことはまずありえない。

「おそらくだが、ここから難易度はぐっと上がる……。どうする？　みんな」

「行こうよ」

そう言ったのは、テトだった。

「『記憶の地図』はあるんだしさ、戻るのはいつでもできるでしょ。まだ大したドロップも拾えてないし、それに」

そこで、テトが余裕そうに笑った。

「正直まだ、ぜんぜん手応えないしね」

「ふふ……そうね」

メリナが、釣られたように笑って言う。

「初見のダンジョンを攻略しに来たのに、ここで帰るのはもったいない気がするわ。この門を見つけたのも、きっと私たちが最初でしょうし……どうせなら、この先も見ておきたいわね」

「うーん、わたしは……。アルヴィンさんは、どう思いますか？」

そこでココルが、悩んだように俺に話を振ってきた。

俺は笑って答える。

「俺か？　俺は、やっぱり進みたいな」

門の奥に目をやりながら続ける。

「妙なテキストとか、ケルベロスの物言いとか、いろいろ気になるところがある。先に進めばそれもわかるかもしれない。せっかくここまで来たんだ、もっとこのダンジョンのことを探ってみたい……。幸い、難易度的にもアイテム的にも、まだまだ余裕はあるしな」

「わかりました……それなら行きましょう！」

ココルが明るく答えた。

「アルヴィンさんが言うのなら、きっと大丈夫です！」

俺たちは小島から壁際の陸地に飛び移ると、門へと歩き始める。

近くで見ると、門の意匠はより一層おどろおどろしく感じられた。

「そういえばさ、ケルベロスがなんか言ってたよね」

いざ門をくぐろうとした時、ふとテトが呟いた。

「希望があるとかないとかって」

「『この先へ進まんとする者は、一切の希望を捨てよ』ね。この先っていうのがこの門のことだと思うけど、どういう意味かしら」

「難しくなるってことじゃないでしょうか？　災厄を収めるには魔王を倒さなきゃいけないみたいですけど、その魔王がすごく強い……とか」

「普通に考えれば、そうだろうが……」

そうは言いつつも、俺は心のどこかで違うように感じていた。

どこまでも演出臭かったケルベロスの物言いだが、それでもあまり迂遠《うえん》な言い方はしていなかった気がする。

もし難易度のことを言いたかったのなら、『お前たちでは魔王を倒せない』などと言っていたのではないだろうか。あえて『希望』という言い回しを使ったからには、それは魔王を倒せる可能性とは別の何かを指しているように思える。

それが何かと考えると……やはり九層で見たテキストにあった、『世界の救済』だろうか。

俺たちはそれを目的として魔王城へやってきている、という体になっていた。それが叶わないということなのか。

だが結局のところ、魔王さえ倒せれば世界は救われるはずだ。

それならやっぱり、魔王は強いということを言っていただけなのか……？

「うーん、わからないな……」

「アルヴィンは真面目だなぁー」

思い悩む俺に、テトが呆れたように言った。

「あんな演出、真剣に考えてもしょうがないって」

「でも、アルヴィンさんらしいですね」

「別にいいじゃない、真剣に考えたって」

「……いや、もうやめておくよ。結局答えも出ないしな」

俺は軽く苦笑して、門から延びる道の先を見据えた。

＊＊

「こちらには何もない」

「こっちにもないのぉ……まったく、気の利かんボスじゃ！」

溶岩から突き出た小島の上で、ゴルグが腹立たしげに言う。

「アイテムを落とさんばかりか、宝箱すらも置いとらんとは！」

俺たちは未だ、魔王城の十三層にいた。

セーフポイントを出てたどり着いた、溶岩湖に崖上の一本道が延びる広大な部屋。そこで、中ボスのケルベロス型モンスターを倒したのだ。

最初はただの固定シンボルかと思っていたのだが、まさかの中ボスで驚いた。デバフが少々厄介な相手だったが、しかしレベル差もあってか、最終的には余裕を持って倒すことができた。

それに伴って、禍々《まがまが》しい門とともに新たな隠し通路も発見できたのでよかったのだが……問題は、ケルベロスが何一つとしてアイテムを落とさなかったことだ。

中ボスを倒したのに、いくらなんでもそれはない。

腹を立てた俺たちは、何か隠されているアイテムがないかと、小島を飛び移りながら溶岩湖を隅々まで探していた。

しかし、残念ながら成果は今のところない。

「あちぃ……」

俺は顔を上げてぼやく。

もうしばらくすれば耐暑ポーションの効果も切れるだろう。そうなればますます暑くなる。いい加減に諦め時だろうか。

いや、もう一本追加で飲んで皆の気の済むまで粘るべきか……と考えていた時、壁際から突き出た岩場にライザの姿を見かけた。

どうやら、岩壁に背を預けて休んでいるようだった。

「おーい、ライザ。なんか見つけたか？」

小島を飛び移り、ライザのいる陸地部分に向かいながら声をかける。

糸目の聖女は俺に気づくと、力なく笑って答えた。

「だめね～、なんにもないわ～」

「ふーん……やっぱそうか」

サボってんなよと言おうかと思ったが、やめた。いい加減、俺もうんざりしていたからだ。

ライザのいる岩場まで飛び移ると、隣で同じように岩壁に背を預けて、そのまましゃがみ込む。

そして溜息とともに徒労感を吐き出す。

「……ごめんなさいね～」

「あ？」

不意にかけられた言葉に、思わず隣を見上げる。

糸目の聖女は、俺に申し訳なさそうな笑みを向けていた。

「まさか、ただの演出だとは思わなくて」

「……」

俺は思わず黙り込む。

最初にケルベロスを倒そうと言い出したのは、ライザだった。

俺たちが一本道を進んでいた時、溶岩湖の奥、ケルベロスの背後に、動けなくなっている三人の冒険者を見つけたのだ。

助けましょう、と言い出すことは、もうその瞬間にわかってしまった。

思い返すまでもなく、こいつはいつもそうだったからだ。

戦闘中の他パーティーを善意で回復させてやる、いわゆる辻ヒールなんてしょっちゅうだ。駆け出しのパーティーを見かけてはアイテムを恵んでやり、遭難した冒険者がいれば高価な『記憶の地図』まで渡してしまう。そのせいでこちらのアイテム残量が心許《こころもと》なくなり、冒険の途中で引き返したことも何度かあった。

人助け中毒なんじゃないかと思う。

そのくせ、頼ってもいいやつには遠慮なく頼る。俺も何度金を貸してやったかわからない。

いい加減にしとけよと注意しても、いつもこんな申し訳なさそうな笑みを浮かべるだけ。

だからもう、今さら言ったところで仕方ないのだ。

「……別に、かまわねぇよ」

俺はライザではなく、溶岩湖の方を見ながら言う。

「あいつらだって納得してたんだ。ゴルグのやつなんて、よく見つけたのぉとか言って大喜びしてたしな。俺が止めてもどうせ他のバカどもが突撃してた。それに」

俺は付け加えるように言う。

「今回は、お前が一番働いてたからな」

ケルベロスを安全に倒せたのは、ほとんどライザのおかげと言ってもよかった。

ケルベロスは攻撃も耐久も大したことなく、周囲の溶岩ギミックも慣れてしまえばどうってことなかったのだが、あのブレスと終盤のオーラだけは厄介だった。

触れると、ありとあらゆるデバフを叩き込まれたからだ。

《筋力減少・小》や《敏捷性減少・小》などはもちろん、《全ステータス減少・小》に各種《属性耐性低下・小》、挙げ句は《MP消費量増加・小》や《アイテム効果減少・小》といったマイナーなものに至るまで、ほとんどすべてのデバフがあの青白い吐息に詰まっていた。あと一応毒にもなったが、そんなのはおまけみたいなものだ。

ステータス画面を一瞬でデバフのアイコンが埋め尽くした時は、思わずぞっとしてしまった。そのままでは戦闘にかなり支障が出ていただろう。

ライザはそれを、付与効果消去《クリアー》を使って一気に消してくれた。

詠唱が長く、本来は戦闘中には使いにくい呪文だが、ライザが唱えるタイミングは毎度完璧だった。

聖女は、強いが難しい職種《ジョブ》だと言われている。

神官や司教以上にＷＩＳ《魔力》が上昇し、ＭＰの消費量も減るため、普通の回復職《ヒーラー》では回復が追いつかないような強敵も倒せるようになる。しかしその代償として、ＳＴＲ《筋力》やＶＩＴ《耐久》、ＡＧＩ《敏捷》といったステータスは他のあらゆる職業よりも低くなってしまう。回復量の増加によってヘイトも稼ぎやすくなるため、立ち回りの難易度が高く、また危険でもあった。

だがライザは、俺たちに大変そうな素振りなど微塵《みじん》も見せたことがなかった。

とにかく位置取りがうまく、まったくモンスターの攻撃範囲に入らない。治癒《ヒール》のタイミングも完璧で、各種バフもそつなくこなす。

ケルベロス戦の終盤では、デバフ付きのオーラに常に晒《さら》されることになった俺とゴルグを見て、付与効果消去《クリアー》ではなくバフによって効果を相殺する方針に切り替えていた。

そういった臨機応変さも含めて、ライザには戦闘における抜群のセンスがあった。

俺はこいつ以上に腕の立つ回復職《ヒーラー》を知らない。

「いつもより少し、がんばっちゃいました～」

ライザは小さく笑って、ぽつりと言った。

「これで、最後ですからね～」

「……」

沈黙を返す俺に、ライザは問いかけてくる。

「レダンは、生まれの村に帰るんでしたか？」

「……ああ」

「そう。うまくやっていけるといいわね～。彼、頑固者だから……。ふふ、村の人たちがかわいそうね～」

　ころころ笑いながら失礼なことを言ったライザは、それからどうでもよさそうに、小さく付け加える。

「それならわたしは、神学校にでも行こうかしら～」

　俺は、思わずライザの顔を見上げた。

「……え、その歳で入学すんのか？」

「も～、そんなわけないでしょ～。先生として、です～」

　ライザは俺から目を離して続ける。

「前に縁があって助けた人がね、大きな街の、神学校の先生だったのよ～。その人が偉くなったみたいで、前から誘われていたの～」

「はあ……お前の人助けが報われることもあるんだな。だけどお前、教師なんて務まんのかよ。学なんてあったか？」

「失礼ね～、あります～。わたしは元々、そこの卒業生ですからね～」

「マジかよ……」

俺はひそかにショックを受けた。

確かに品の良さはある気がしたが、まさか元エリートだったとは。なんだか負けた気分だった。

話題が途切れ、沈黙が訪れる。

それを破るように、俺はライザへぶっきらぼうに問いかける。

「……やめんのかよ、冒険者」

「ええ」

ライザは微かに笑って、俺へ目を向けた。

「だってヒューゴ……レダンが抜けたら、『星狩』を解散させるつもりなのでしょう？」

「……」

「それならもういいかなって、思ったのよね～」

ライザは、どこか吹っ切れたような声で言う。

「元々あなたとレダン、二人で始めたパーティーだったものね～……。でも、くやしいわ～。結局、男の友情には割り込めなかったのね～」

「気色悪いこと言うな。……そういうんじゃねぇよ」

ただ、潮時だと思ってしまっただけだ。

このパーティーが終わるとしたら、それは誰かが抜けた時だろうと、ぼんやりとではあるがずっと考えていた。

俺は誤魔化すように言う。

「っていうかお前、大丈夫かよ。教師なんて絶対冒険者やるよりは稼ぎが落ちるんだから、今みたいに散財はできねぇぞ」

ライザは人助けとか以前に、そもそも金遣いが荒かった。

賭け事はするし、贅沢品もためらいなく買う。金がなくなったらどうするのかというと、人にたかるのだった。今だと、主に俺だ。冒険に一回行けば取り分から回収できるのだが、正直冗談じゃない。

人助けにためらいがないのも、この金に頓着《とんちゃく》しない性格が原因かもしれなかったが……一方で、実力があるにもかかわらず数々のパーティーを追い出されてきたのも、この性格が原因で金銭問題を起こしてきたからなのだった。

「俺みたいに親切なやつがそこら中にいると思うなよ」

「失礼ね～、大丈夫です～。先生になったら、ちゃんと清貧にいきますから～」

「とても想像できねぇ……」

「それより……ヒューゴは、どうするの～？」

「……俺？」

「『星狩』を解散しても、冒険者は続けるの～？　それとも……」

ライザの問いに、俺は思わず沈黙してしまった。

その答えは、未だに俺の中で出ていなかった。

引退してもいい、とは思っている。いつまでも続けるような稼業じゃない。やめられるだけの金も貯まっている。

だが……。

「ヒューゴ」

と、その時。名を呼ばれて顔を上げると、目の前の小島にピケが立っていた。

「ん、なんだ？」

「ぜんぜん見つからない」

「ああ……そうか」

「レダンとゴルグも、いらいらしてる。そろそろ限界。もう行こ」

「ん……そうだな。わかった」

俺は立ち上がる。

宝箱を探す中で上の道に戻れる場所は見つけていたが、そんなものに用はなかった。

こいつらの中に、戻ろうと言い出すやつなんているわけがない。

まだろくな報酬を得ていないし、それに――これが、『星狩』最後の冒険なのだ。

こんなところで終われるわけがない。

「ピケ。レダンとゴルグに声をかけてきてくれ。俺たちは門の前で待ってるから」

「……。わかった」

無表情のままこくりとうなずいたピケが、小島をぴょんぴょんと飛び移っていく。

その様子を、俺とライザが心配しながら眺める。

「……ちゃんと言われたとおりにできるかしら～？」

「うーん……六割五分といったところか。まあいい。例の門で待つぞ」

「ヒューゴ」

隣の小島に飛び移った時、ライザがふと言った。

俺は振り返る。

「なんだよ」

「ええと～、ゴルグが言っていたのだけれど……賭けの負け分とか、無駄遣いしてしまったお金に意味を求めるのは、やめた方がいいらしいわ～」

「……は？」

「もうそのお金はなくなってしまったものだから、無理に取り返そうとしたり、意味を見出そうとすると、かえって損するらしいの～。過去の損失ではなくて、その時の期待値？　で判断するべきなんですって～。ゴルグったら、学校で習ったわけでもないのに、よくそんなこと知ってるわよね～」

「いや……急になんだ？」

眉をひそめる俺に、ライザはやや困ったような笑みを浮かべて言う。

「でもね〜、ヒューゴ。わたしは……全部、意味があったと思っているのよ〜」

「……」

「賭けで大負けしたことも、いらない物をついつい買ってしまったことも……困っていると嘘をつかれて、お金をだまし取られたことも……そのせいで仲間に迷惑をかけてしまって、パーティーを追い出されたことだって」

「……」

「全部、神様は見てくれていたのだと思うわ〜。だって、そのおかげで――」

ライザの笑みに、微かな寂しさが混じる。

「――このパーティーに、巡り会えたのだもの」

また、第三の封印を解いた時、第三の生き物が
「きたれ」と言うのを、わたしは聞いた。
そこで見ていると、見よ、黒い馬が出てきた。
そして、それに乗っている者は、はかりを手に持っていた。
すると、わたしは四つの生き物の間から
出て来ると思われる声が、こう言うのを聞いた、
「小麦一ますは一デナリ。大麦三ますも一デナリ。
オリブ油とぶどう酒とを、そこなうな」。
(ヨハネの黙示録　6:5-6)

Round II "Antenora"

Round II "Antenora"

〝アンテノーラ〟

魔王城、十四層。

巨大な木製扉の前に、俺たちは立っていた。

「言うまでもないと思うが」

俺は皆を見て、言う。

「これはおそらく、中ボスの扉だ」

「はい！」

「そうね」

「見たらわかるよー」

と、口々に返事が返ってくる。

「よし。それじゃあ、準備はいいか？」

「もちろんです！　というか……」

「ここまで準備以外、することなかったわね」

「ボクちょっと休みすぎたかも……ふわぁーあ」

それもそうだなぁ、と俺は思う。

なにせ、ケルベロス以降モンスターが出てきていないのだ。

＊＊

ケルベロスを倒し、出現した門を進んだ俺たちは、ほどなくして下の階層へ向かう階段に行き当たった。

それを素直に降り、十四層に到達すると、その内装はより一層城に近づいていた。

足元は石畳から、石材の床へ。壁は灰色のレンガになっており、燭台も凝った意匠に変わっている。

広い直線の通路をそのまま進んでいくと、やがて行き止まりとなる場所にぶつかった。正面には閉ざされた巨大な木製扉。その傍らにはぽつんと佇むように、セーフポイントが置かれている。

他には何もない。

少し経って、ココルが呟いた。

「あれ？　もしかして十四層ってこれだけですか？」

それから俺たちはセーフポイントで十分に休息を取り、そして今に至る。

ケルベロス戦以降は戦闘を行っていないので、あまり消耗もない。セーフポイントから扉までも、十歩ほど歩いただけだった。

「あ、一応確認なんですけど」

　ココルが少しだけ険しい顔で言った。

「これ、まさか中ボスじゃなくてボス部屋じゃないですよね？　階層に部屋が一つだけって、だいたいボス部屋のパターンですけど……」

「さすがにそれはないと思うぞ」

　俺は答える。

「ケルベロスは四天王と言っていたからな。普通に考えたら、あと三匹は中ボスがいるはずだ」

「やっぱりそうですよね。それに魔王の部屋だったらきっと、こんなに扉もみすぼらしくないでしょうし」

「さすがにもう少し、豪華になりそうよね」

「雰囲気もぜんぜんないしねー」

　扉のデザインを一通り悪く言った俺たちは、満を持したようにそれを強く押した。

　巨大な木製扉が、軋《きし》んだ音を立てながら内側に開いていく。

「……」

　わずかな緊張とともに、中へと歩み入る。

　部屋の内装は、通路とあまり変わらなかった。石材の床にレンガの壁。ただ一つ違うのは——天井がとても高くなっていることだ。

どこまで高いのか、見通すことができない。

それはあまりにも高いからではなく……上の方が闇で覆われ、天井が見えなくなっているためだった。

と、その時――――ブゥン、と羽音が鳴った。

「えっ、虫います？」

ココルがそう言った直後にも、羽音は続く。

ブゥン、ブゥン、と。

「虫型のモンスターならともかく、ダンジョンに普通の虫がいるわけないわ」

暗い天井を見上げながら、メリナが言った。

「だから、これは演出でしょうね」

部屋に響き渡る羽音は、次第に大きくなっていった。

同時に、あちこちを飛び回る小さな黒い影も視界に入るようになってくる。

「……なんか、すごく小さいね。モンスターじゃないみたい」

テトが呟いた、その時。

『――――ある時、我が虫を放った』

一つの声が、部屋に響いた。

『すると、彼らは地上を飛び回り、ありとあらゆる作物を喰い尽くした』

羽音はますます大きくなる。

それは小さな虫たちが立てる音ではなく……もっと大きな、何かが羽ばたいているような音だった。

『人々は飢えた。鼠《ねずみ》を喰らい、毒虫を喰らい、隣人の死体すらも喰らったが、それでも痩せ細り死んでいった』

闇に満ちた天井から、黒い影が下りてくる。

大量の羽虫を纏ったそれは、とても大きな、しかし見覚えのあるシルエットをしていた。

『地上は飢えの苦しみに満ちた。骨と皮ばかりの、鼠すら喰わぬ死体が積み重なった』

メリナがわずかに顔をしかめて呟く。

「あれ、ハエ……かしら」

メリナの言う通り、それは巨大な蠅《はえ》の姿をしていた。

節の付いた黒い体に、頭部の大部分を占める二つの複眼。腹の両側から突き出た六本の細い脚。

透明な虫の羽は、目視できない速さで羽ばたかれている。

ただしその口は、棘《とげ》の付いた鋏《はさみ》のようになっていた。

元々の蠅の口などよく知らないが……さすがにここまで凶悪な形ではなかったのではないだろうか。

蠅の王のようなそのモンスターは、ケルベロスよりもやや高い声で話し続ける。

『それにもかかわらず、人間は――――未だ、希望の光を絶やしていない』

テトがおもむろに呟く。

「……気味の悪いモンスターだなぁ」

「取り巻きもいるみたいですし、また変な攻撃してきそうですね」

同じく呟いたココルに、俺はうなずいて言う。

「そうだな。注意した方がいいかもしれない。モーションも完全に初見になるだろうしな」

モンスターのモーションは、その姿形ごとにある程度似たパターンがあるものだ。しかし蠅がモチーフのものは初めて見る。

蜂《はち》型などはいるものの、蠅にはメインの攻撃手段となる尾の針がない。

ならば、まったく別の攻撃モーションとなるはずだ。

『どこまで足掻くか、人間よ。よもや、すべての災厄の根源を見つけ出すとは』

蠅が話す内容は、ケルベロスのものとよく似ていた。

こいつも魔王の配下である四天王のうちの一匹、ということなのだろう。

『しかし、それも無意味なこと。その剣は、魔王には届かぬ。耐え難き飢えの前に、為す術《すべ》なく朽ち果てるのみ』

相変わらず内容はよくわからないが、まあいい。

倒して進めば、きっと何かわかるだろう。

「今度はアイテムが落ちるといいな」

俺は呟いて剣を抜く。

『四天王第二の円環にして第三の騎士、飢餓の〝アンテノーラ〟』

羽音が一層大きくなり、取り巻きの羽虫たちが黒いマントのように広がる。

『この先へ進まんとする者は、一切の希望を捨てよ』

その台詞と同時に――巨大な蝿の上方に、文字列が出現した。


〈ブラック・フライロード・ローカストスポウナー〝アンテノーラ〟〉


「フライロード……？　っていうのがモンスターの種類かしら」

「そうみたいだな」

メリナの呟きに、俺は剣を構えながら短く返す。

ゴブリンロードにスケルトンロードなど、モンスター名にロードの接尾語は珍しくない。

意味はわからないが、取り巻きを伴う強力なモンスターが多いことから、冒険者の間では〝王〟などと呼ばれることもあった。

もしも〝フライ〟という見慣れない単語が蝿を意味するのだとしたら――あのモンスターは、やはり〝蝿の王〟ということになるだろうか。

＊＊

戦闘が始まっても、巨大な蝿は上空で静止したまま動かなかった。

だがその代わりに、本体の周囲を飛んでいた大量の羽虫が、群れとなって襲いかかってきた。

「うっ……」

俺は嫌な顔をしながら、羽虫の群れを迎え撃つ。

剣を立ててガードを試みたが、羽虫のほとんどはそれを避けて俺に取り付いてきた。

体の各所を噛み付かれ、ほんの少しずつＨＰが減っていく。

「……」

後退しながら横薙ぎに剣を振り抜く。

わずかな手応えがあった。刃の届く範囲にいた虫たちが、儚いエフェクトを散らして四散していく。

やはりこれらの羽虫は攻撃のエフェクトなどではなく、実体のあるモンスターのようだった。

俺は皆へと叫ぶ。

「こいつらやっぱり取り巻きみたいだぞ！」

「最悪だーっ！」

振り返ると、テトが悲鳴を上げながら虫から逃げ回っていた。

ナイフをぶんぶん振り回しており、オレンジ色の軌道が宙に描かれているが、反面羽虫が四散するエフェクトは少ない。

レンジが短すぎて、一度に倒せる数が少ないようだ。盗賊には相性が悪いと言うほかない。

まあそれでも、テトのＶＩＴ《耐久》なら大きなダメージを喰らうことはないだろう。

それより心配なのが……。

「こ、こういうの苦手なんだけど……っ！」

「任せてください！　メリナさんはわたしが守りますからねー！」

メリナとココルが、それぞれ杖とメイスを振り回している。

大丈夫か、と訊くまでもなく、大丈夫そうだった。

二人の簡易ステータスを見ても、ＨＰはさほど減っていない。

メリナはともかく、ココルなんてむしろ楽しそうだ。神官のメイスは一応打撃武器でもあるので、テトよりもかえって効率よく倒せている。

それでも念のため、皆へと叫ぶ。

「きつそうなら俺になすりつけていいぞ！」

「んあーっ、アルヴィン頼んだっ！」

羽虫の群れを引き連れながら、テトが全速力でこちらに走ってきた。

ちょうどすれ違うタイミングで、テトを追う羽虫の固まりに剣を突き入れる。いくつかのエフェクトが散り、同時に多くの羽虫のヘイトが俺に向いた。元々引きつけていた分と集合して大きくなった羽虫の群れを、剣によって斬り散らしていく。

これで、テトも多少戦いやすくなっただろう。

モンスターのターゲットを変える、前衛職の初歩的な技術だが、こうやって役に立つ場面は多い。

受け持っていた群れを三分の一ほどにまで減らした、その時――羽虫たちが一斉に引いた。

「あれっ？　どうしたんでしょう？」

「本体の方へ帰っていくわね……」

羽虫たちは旋回しながら、天井近くで滞空している巨大な蝿のもとへと集まっていく。

好機と見たのか、ココルがすかさず治癒《ヒール》を唱える。わずかに減っていたＨＰが、上限まで回復した。

そこで、俺は気づく。

「……ん？　なんだ……？」

フライロードの頭上に、ぼんやり光る球体が浮遊していた。

うっすら青緑がかった色で、微かに揺らめいている。液体のようにも、光属性魔法の光弾のようにも見えるが……おそらくそのどちらでもない。

羽虫の群れが、光球を取り巻く。

すると、その光球は次第にしぼみ始めた。

それと同時に、羽虫たちが虚空から湧き出るように増え、群れが大きくなる。

「えーっ、増えた!?　せっかく減らしたのに！」

「本体のところに戻ると、群れが少し回復するみたいね」

メリナが続けて言う。

「と言っても、あのペースならすぐに全滅させられそうだけど」

再び羽虫たちが襲いかかってきたが、その後はメリナの言う通りになった。

ある程度復活はしたものの、群れは当初に比べればずっと小さい。

余裕のできたメリナが光属性魔法で羽虫の大部分を消し飛ばすと、フライロードのもとへ帰還する羽虫は数えるほどになってしまった。

あの青緑色の球体も、先ほどよりずっと小さくなっている。

そして三度目の急襲で、俺たちは羽虫をすべて倒し尽くした。

『ブゥン……』

取り巻きを全滅させられた蝿の王が、いらだったように羽音を響かせる。

相変わらず滞空したままのフライロードを見上げながら、テトが言う。

「今、メリナの魔法で直接攻撃できないかな」

「やってみる？」

そう言うと、メリナが軽い呪文詠唱とともに初級の火属性魔法を放った。

だが飛翔する小さな火球は、本体を守るように出現した羽虫の群れを焼き尽くしただけで消えてしまう。

メリナが溜息をついて言う。

「やっぱりダメね、通らないわ。ちゃんと正規の手順で倒さないといけないみたい」

と、その時、フライロードの複眼が黒く光った。

そして、周囲に新たな虫の群れが形成されていく。

「え、な、なんかさっきより大きくないですかあの虫」

ココルの言葉に、俺は目をこらす。

確かに、違う。先ほどまでの羽虫ではなかった。

体色はやや褐色がかり、羽も長い。羽音にもバサバサといった音が混じっている。

あれは……、

「バッタ……いや、イナゴか？」

眉をひそめて呟いた次の瞬間、その群れが襲いかかってきた。

急襲に合わせて、剣を大きく振るう。

エフェクトが散り、虫の数匹が四散する。間近で見るそれは、やはり村にいた頃よく目にした蝗《いなご》に似ていた。

剣をすり抜けた蝗たちが、俺に噛み付く。

反射的にステータス画面のＨＰ表示を確認し……俺は思わず目を見開いた。

「……っ！　こいつら……！」

あわてて取り付いていた蝗を振り払う。

ＨＰの減少幅をあらためて確認し、わずかに焦りがこみ上げた。ダメージ量が先ほどまでの倍近い。

蝗の群れを斬り払いながら、俺は皆へ叫ぶ。

「気をつけろ！　こいつら攻撃力が高いぞ！」

「そ、そうみたいねっ！」

「ひえー！」

見ると、すでにメリナとココルがこちらへ走ってきていた。

ＨＰもまだそれほど減っていない様子だ。判断が早くて助かる。

二人を追う群れに攻撃を加え、その大部分からターゲットを奪う。それから、テトへと叫ぶ。

「テト！　悪いが……」

「オッケー！　持ちこたえとくから早く倒してねー！」

テトはすでに、群れの一部を引きつけながら部屋の外周を逃げ回っていた。

俺はわずかに笑みを浮かべて呟く。

「まったく……みんな判断が早くて助かるな」

先ほどの羽虫はかなり弱く、ココルたちでもなんとかなったが、この蝗は別だ。攻撃力が段違いに高い。舐めてかかればパーティーが崩壊しかねない。

とはいえ、俺一人では群れのすべてを受け持つのは無理だ。

だから、一部をテトに引っ張ってもらいながら少しずつ着実に減らしていく。それが最善だった。

「これを指示なしでやってくれるんだもんな……」

初心者パーティーの育成係をしていた頃は考えられなかった楽さだ。

ここまでしてもらった以上、がんばらなければ。

後退しつつ、蝗の群れを斬り払っていく。ＨＰの減りが加速するが、それはココルが問題なく回復してくれる。

ヘイトを稼いでしまう関係上、蝗が多い段階でメリナの魔法は使えない。それでもかなり群れを減らせた――その時だった。

「っと、帰還か……」

蝗の群れが、フライロードのもとへ帰っていく。

「疲れるなー！　でもあと二、三回で倒しきれるかな」

「多少は群れが復活するでしょうけど、このペースだとそうですね」

「本体が攻撃してこないのは助かるわ。次からは魔法も撃って大丈夫そうね」

「……いや、待て」

俺は思わず口を挟む。

先ほどまでとは、違うところがあったのだ。

――青緑の光球が、これまでよりもずっと大きい。

次の瞬間。

光球がしぼむと同時に、蝗の群れがどっと増えた。

「ええっ!?」

「こ、こんなに増えるの!?」

「……クソッ」

小さく悪態をつく。

やはりあの光球は、群れの復活量を示していたのだ。

羽虫の時より大きくなったのは、攻撃パターンが変化したためだろうか。だが、このままでは……。

「最初の時よりは、さすがにちょっと減ってるみたいですけど……」

「でも全滅まではだいぶ時間かかるよこれ！　五、六回は繰り返さなきゃかも！」

「そうだな……」

ボス戦は時間をかけるほど、集中力が落ちて事故の確率が増す。

まだ攻撃パターンの変化は残っているはずだ。こんなところで長引かせたくはないのだが……、

「……待って。もしかすると……」

その時、メリナが何か思いついたように声を上げた。

「考えがあるわ。ココル」

「は、はいっ？」

「《耐久増強》バフと《ダメージ軽減》バフをお願い。他のバフは、最悪かけ直さなくてもいいから」

「ええっ。い、いいですけど、でもどうして……」

「説明は後。来るわっ！」

蝗の群れが急降下してくる。

そのうちココルへ向かう固まりに、テトが投剣を放った。いくつかのエフェクトが散り、群れのヘイトが小柄な盗賊へと向く。

テトが走りながら叫ぶ。

「バフ唱えるんでしょっ。群れはボクが引っ張っとくよー！」

「ううー、よくわからないけどわかりましたぁっ！」

テトに答えると、流れるような詠唱がココルの口から紡がれ始めた。

いつもながら、思わず舌を巻くような高速詠唱だ。

ココルは【真言】というスキルを持っており、これには呪文の判定が甘くなる、要するに多少とちっても有効な詠唱と見なされる効果がある。

　だから思い切った早口でも唱えられるのだと以前に本人が言っていたが、もちろんそれだけではなく、これまで積み重ねてきた練習のたまものだろう。

　《耐久増強》そして《ダメージ軽減》バフのアイコンが点灯した時、ちょうどテトから群れの一部を引き受け終えたところだった。

　すぐさま攻撃に転じる。

「おっ！」

　バフの効果は、目に見えて現れていた。

　すり抜けた蝗から攻撃を喰らうも、ＨＰの減少幅が少ない。メリナの提案は的確だったようだ。

　だがその一方で、群れはなかなか減らなかった。

　手数が増えたわけではない以上仕方ないが、これはやはり、持久戦にならざるを得ないか。

　そうこうしているうちに、二回目の帰還が起こった。蝗の群れが渦巻き、蝿の王のもとへ戻り始める。

「……ん？」

　そこで、俺は気づいた。

　青緑色の光球が、先ほどまでよりずっと小さい。

そして案の定――蝗の群れも、あまり回復しなかった。

「あれっ！　今回すごく少ないですね！」

「よかったけどなんでっ？」

「あの光の球……きっと私たちのＨＰだったのよ」

メリナがぽつりと言った。

俺は思わず訊き返す。

「どういうことだ？」

「色がステータス画面のＨＰ表示と似ていたでしょう？　あれはきっと、イナゴが私たちに与えたダメージ量を示していて……その分だけ群れが回復するって仕組みだったんだと思うわ」

「……なるほど。そういうことか」

最初の羽虫の時、光球が小さかった理由もわかった。

蝗に比べて攻撃力が低かったために、ダメージ量を稼げなかったのだ。

ココルに防御系のバフを頼んだのも、被ダメージを抑えて、群れの回復を防ぐため。

「しかし、よくあれだけの情報で見当が付いたな……」

「羽虫もイナゴも、噛み付き攻撃しかしてこなかったわ。それにあのハエは飢餓がモチーフのモンスターでしょう？　私たちを食べて、その分だけ回復する。そういうコンセプトなのだと考えるとしっくり来るもの」

言いながら、メリナがやや機嫌よさそうに杖を構える。

「でももう、そんなことはさせないけどね」

蝗の群れが、再度襲いかかってくる。

だが数が減ってしまった今、これまでの迫力は失われていた。

冷静に群れを引きつけ、剣が届く範囲の蝗を確実に倒していく。群れはもはや、そのほとんどを俺一人で引き受けられるまでに小さくなっていた。

さらに一箇所に固まった蝗たちへ、メリナの光属性魔法が直撃する。それだけで、残った群れの八割が消し飛んだ。

「おおー、今回で終わりそう！」

「もう復活なんてさせませんよっ！」

テトとココルも含め、全員でまばらになった蝗たちを殲滅《せんめつ》していく。

やがて、最後の一匹が四散した。

『ブヴゥウゥン……』

フライロードの羽音が鈍く唸《うな》る。

複眼の黒い光も強くなり、より一層いらだっているようにも見えた。

「また攻撃パターンが変わるんでしょうけど……羽虫にイナゴと来たら、次はなんなんでしょうね？」

「うーん、ゴキブリとか？」

「最悪ね」

「さすがにそれはないだろう。次は……いい加減、本体が来るはずだ」

その時、どこからともなく羽虫の群れがまた現れた。

しかし今度は襲いかかってくるわけでもなく、フライロードの左右に固まり、何かを形作り始める。

「あれは……」

「……盾と槍、ですか？」

向かって右の群れは、盾職《タンク》が持つような五角形の大きな盾に。

そして左の群れは、同じく盾職《タンク》が持つような円錐《えんすい》状の長大な馬上槍に変わっていた。

虫の武具を左右に従えた蝿の王は、まるで騎士の装《よそお》いだ。

俺はわずかに笑って呟く。

「ケルベロスだけじゃなく、ハエまで騎士っぽくなるとはな」

『ブヴゥゥンッ!!』

蝿の王が黒い馬上槍を構え、急降下しながら突っ込んできた。

俺は〝パリィ〟でそれを受け流す。反撃の一閃は盾で防がれてしまったが、テトの投剣が命中しダメージを稼いでいく。

モーションこそ初見だが、攻撃も防御もいたって普通。取り巻きを失った蠅の王に、特別な要素はもう何もなかった。

ならば、やることはこれまでと同じだ。

「羽虫やイナゴを相手するより」

その頭部に〝強撃〟を叩き込みながら、俺は言う。

「こっちの方がずっとやりやすいなっ！」

フライロードが激しく仰け反り《ノックバック》する。それを好機として、さらなる攻撃を叩き込んでいく。

盾を持っているだけあって蠅の王はなかなか硬かったが、それでも俺たちは着実にＨＰを削っていった。

そして。

『ブヴゥンッ……!!』

フライロードが高く飛び上がった。

馬上槍を携《たずさ》え、再び急降下による突進を行うつもりのようだ。

しかし……そのモーションはすでに見ている。

案の定突っ込んできた蠅の王は、右に盾、左に馬上槍を構えていた。一見、この攻撃中には隙がないように思える。

だが、俺はタイミングを合わせて剣を振りかぶると――右の盾に向けて強く振り下ろした。

『ブゥンッ!?』

盾を半ばまで断ち切られながら、もろに剣を受けたフライロードが激しく仰け反《ノックバック》りした。

剣術スキルのうちの一つ、〝斬鉄〟。

これは、相手の耐久を半分として計算できる技だ。盾持ちのような硬いモンスターにはよく効く。

フライロードには大きな隙ができていたが、俺は追撃しなかった。

なぜなら……、

「たぶん、これで終わりかしらね」

次の瞬間、背後から飛翔してきた光弾がフライロードに直撃した。

弱点属性を突く魔法の大火力は、剣のダメージとは比べものにならない。

致命的な攻撃を受けたフライロードが、仰け反《ノックバック》りした体勢のままフラフラと後退した。

黒い盾と槍が地に落ち、羽虫に戻りながら崩壊する。

『――どこまで足掻くか、人間よ……よもや、この我を倒すとは……』

蠅の王自身も、すでに飛んでいるのがやっとという状態だ。

その時、始まりの演出と同じ声が、再び部屋に響き始めた。

「……終わったようね」

メリナがほっとしたように杖を下ろした。

俺も安堵の息を吐いて、剣を下ろしながら終わりの演出を見守る。

『だが、貴様らの飢えは満たされぬ……魔王を倒さぬ限り、災いは止まらぬ……ここから待ち受けるのも、我以上に精強な騎士ばかり……』

「……結局、同じなんですね」

ココルがぽつりと言った。

「災いの元凶の四天王をどれだけ倒しても……魔王を倒さない限り、世界は救われないみたいです」

『この先で知るがいい、人間ども……もはや希望など、どこにも残されていないことを……』

そんな、ケルベロスとまったく同じ台詞を残して――黒い蝿の王は、壮大なエフェクトとともに砕け散った。

＊＊

「……なんとなく、嫌な予感はしてたけどさー」

エフェクトがすべて消え去った部屋の中心で、テトがぽつりと呟いた。

「やっぱり落ちなかったね、アイテム」

「……そうみたいだな」

「はあー……」

テトはがっくりと肩を落として盛大に溜息をついた。

そんな姿を見て、メリナがやや呆れたように言う。

「それはそうでしょ……ケルベロスが落とさなかったんだから。この先も、四天王はきっとアイテムを落とさないわよ」

「嫌になってきた……」

テトがゲンナリした顔で言う。

「こんなダンジョン、あのテキストを真に受けて、本気で世界を救おうとしている人くらいしか挑まないんじゃないの……？」

「あら。それならもう帰る？」

「……帰らない」

テトがどんよりした目に怒りを滲《にじ》ませて言う。

「こうなったら、絶対魔王を倒して豪華なボスドロップを手に入れてやる！」

「……はは」

俺は乾いた笑いを漏らしながら、魔王も落とさなかったりしてな、と言いかけてやめた。

いくらなんでも冗談じゃない。

テトが気を取り直したように言う。

「っていうかさ、意外と大したことなかったよね。あのハエも」

「そうですね……取り巻きが復活する仕組みにはちょっと驚きましたけど、案外簡単に終わっちゃいましたね」

「レベル帯的には、まだまだ余裕がある難易度なのかもしれないな。まあそれよりも、メリナの機転のおかげで早くに対応できたことの方が大きかったと思うが」

「あっ、そうでしたね！　わたし、最初はなんであそこで防御系のバフが必要なんだろうって思ってましたけど、まさかあんなにうまく嵌まるなんて！」

「メリナもよく気づくよねー」

　口々に褒める俺たちだったが、当のメリナはややきまり悪そうに言う。

「そ、そう言われるのは嬉しいけど……たぶん実際は、スキルの影響の方がずっと大きかったと思うわよ」

「え？　スキルですか？」

「【嫉妬神の加護】の効果で私たち、ＶＩＴ《耐久》も含めた全パラメーターが10％上昇してるでしょう？」

　メリナが続ける。

「それに、盾職《タンク》役をやっていたアルヴィンは元々【耐久上昇・小】のスキルも持ってる。この二つだけで15％以上よ。もしこの上昇分がなかったとしたら、バフがあっても苦しかったと思うわ」

「言われてみれば……そうだな」

　ＶＩＴ《耐久》が低ければ、被ダメージ量が増える。

たとえ治癒《ヒール》が間に合っても群れの復活量が増すので、否応なく持久戦になってしまっていただろう。

「それなら本当は騎士みたいな、高ＶＩＴ《耐久》の盾職《タンク》を要求するような中ボスだったってことでしょうか？」

ココルが疑問を口にする。

「それもなんとも言えないわね……。騎士だと手数が減るから、結局被ダメージ量は抑えきれない気がする。派生職の暗黒騎士や聖騎士でも、たぶんあまり変わらないでしょうね……」

考え込むようにしながら、メリナは言う。

「やっぱりあのモンスターは本来、戦闘を極端に長引かせてくる厄介な敵だったんじゃないかしら。いつまでも減らないイナゴ相手に、集中力を切らさず戦い続けるのはかなり大変そうだもの。時間が経ってＭＰやアイテムが減ってくれば、当然焦りも出てくるわ」

「持久戦を仕掛けてくる中ボス、か……」

ボス戦は時間をかけるほど、集中力が落ちて事故の確率が増す。

大ダメージや状態異常ではなく、アイテムや素の体力の消耗を狙ってくるようなモンスターはなかなか見ないが……飢餓がモチーフの中ボスとしてはふさわしい気がした。

「最後の攻撃パターンも大したことがないように感じたが、持久戦の後にまったく違うモーションが来ると考えるときついな」

「ええ。結局、私たちのパーティーには相性がよかっただけなんだと思うわ」

「へー」

テトが感心したように言う。

「それじゃあ、他のパーティーならもっと苦労してたんだろうね」

＊＊

「はあ……クソ……」

巨大な蝿型モンスターが派手に四散したのを見届けた俺は、悪態をつきながら床にどっかと座り込んだ。

深い溜息を、疲労とともに吐き出す。

疲れた。まさか、ここまで時間がかかるとは思わなかった。

あの蝗の群れを倒すだけで、普段のボス戦以上の時間がかかってしまった。幸いＨＰ的には一度も危ない場面がなく終わったが、あれ以上長引いていればまた違っていただろう。

振り返ると、仲間たちも皆床に座り込んでいたり、その場で無言のまま立ち尽くしたりしていた。

俺はぼそりと呟く。

「……しばらく休んどいた方がいいな、こりゃ」

セーフポイントでこそないものの、中ボスを倒した後の部屋にモンスターが出現することはない。

皆の気力が戻るまで、ここに留まった方がいいだろう。

ただ、その前に確認すべきことがあった。俺は億劫な思いを振り払うように声を張る。

「おーい。お前ら、アイテムの減り具合はどんな感じだ」

誰も答えない。

訊き方を間違えた。こいつらは基本的にコミュニケーション能力に難があるので、答えやすいように訊いてやらなければならない。

再び声を張る。

「イナゴん時、全員それなりにポーションとか使ってたよな。予備を足してもヤバそうなくらい減ったやつは言え」

誰も声を上げない。

俺は小さく息を吐く。大丈夫そうだった。

まったくもって面倒な連中だが、冒険者としての実力だけ、本当にそれだけは持っている連中だ。

あのきつい持久戦の最中でも、全員消耗しすぎない程度にはうまく立ち回っていたらしい。

まあ、レダンのやつはそろそろまた矢を要求してくるかもしれないが……その前に。

俺は気だるさをこらえて立ち上がると、歩きながらストレージから金色の液体が詰まった小瓶を取り出す。

そして、壁に背を預けるようにして腰を下ろし、ステータス画面を開いていた巨漢にそれを投げ渡した。

ゴルグは俺に目を向けると、わずかに眉をひそめてそれを摑みとる。

「なんじゃ、ヒューゴ」

「グランドポーションだ」

「そんなもん、見りゃあわかる」

「使えよ」

俺はそう言って、ゴルグの横に腰を下ろした。

「お前、ハイポーション相当減ってただろ。ライザのＭＰが少なくなってからは、イナゴが戻るタイミングで毎度飲んでたんだから」

「まだ十分残っとるわい。このクソ高いポーションを、戦闘中でもない時に使うバカがどこにおる」

「ヘイトも必要以上に集めるから意外と使いにくいんだよ、それ。いいから飲んどけ。俺はまだポーションの手持ちに余裕がある。今回は、てめぇがまあまあ仕事してくれたおかげでな」

「……もったいないのぉ」

そう言いながらも、ゴルグは小瓶を開け、一息に飲み干した。

簡易ステータスに表示されていた、ゴルグのＨＰが上限まで回復する。

グランドポーションだから一本で全回復できたが、ハイポーションならおそらく二、三本は必要だっただろう。ゴルグの高いＨＰが、今回はそれだけ減っていたのだ。

ゴルグは、蝗の群れすべてのターゲットをたった一人で受け持っていた。

あの蝿の攻略にはそれしかなかったのだ。俺やピケ、レダンが蝗を倒し、ヘイトを集めてしまうと、どうしても少なくないダメージを喰らって群れを際限なく回復させてしまう。そのため最もＶＩＴ《耐久》が高く、ハンマーによって攻撃範囲も広いゴルグに、殲滅をすべて任せるしかなかった。

相当な負担だったことだろう。終盤に差し掛かる頃には、タフなゴルグもさすがに苦しそうな顔を見せていた。

それでも、本人は文句一つ言わない。

「……それにしても、面倒な役割を押しつけおって」

訂正だ。文句たらたらだった。

ゴルグはグランドポーションの空き瓶を投げ捨てながら、吐き捨てるように言う。

「挙げ句、あのハエもアイテムを落とさんかった。これではなんのために骨を折ったのかわからんわ！」

「俺に言われてもな。てめぇの日頃の行いが悪いせいじゃねぇのか？」

「ふん。心当たりがないのぉ」

「マジで言ってんのなら正気を疑う」

「……まあいいわい」

ゴルグはステータス画面を操作しながら、ぶっきらぼうに言った。

「普通なら、見切りをつけて帰っとるところじゃが……今回の冒険に限っては、祭りのようなもんじゃ。このくらい、堪《こら》えんでもない」

「……」

俺は、意外に思ってゴルグを見た。

俺の視線に気づいたゴルグが、思いっきり不審そうにこちらを見る。

「なんじゃ」

「いや……金と喧嘩のことしか頭になさそうだったてめぇが、まさかそんなことを考えていたとは思わなかっただけだ」

「儂がいつ、そんなくだらんもんにこだわった」

「いやだから、マジで言ってんのなら正気を疑うって」

金と喧嘩。ゴルグを説明するのに、この二つ以外は必要ないくらいだった。

とにかく喧嘩っ早く、あちこちでしょっちゅう揉め事を起こす。原因はまあ、相手側にあることが多いのだが、義憤に駆られるとか言ってやたらと首を突っ込みたがるのだ。絶対に好きでやっている。仲裁に駆り出される俺がどれだけ迷惑しているか、理解しようとする素振りすらない。

ただその一方で、学もないくせに金勘定には妙に強いところがあった。

計算が速く、アイテムや物の相場にも詳しい。喧嘩で自分が壊した物の値段は常に把握しており、冒険の報酬で弁償できないような高すぎる物は殴らないという、嬉しくて涙が出そうな配慮までしているらしかった。そもそも殴るなという意見は、残念ながらこの巨漢の耳には入らない。

要するにこいつは、計算高い暴漢という迷惑極まりないやつなのだ。

体力自慢するだけあり、ハンマーを使う重戦士としては一級の実力を持っている。数字に強く、報酬をちょろまかすようなせこい性格でもないので、パーティーの経理も任せられる。使える要素がこれだけあるにもかかわらず、今まで数々のパーティーを追い出されてきたのは、それを補って余りあるほどに面倒なやつであるためだった。

俺も仲間を選べる立場だったなら、きっとこいつになど関わろうとはしなかっただろう。

「ふん……最後じゃからのぉ。儂にも思わんことがないでもない」

ゴルグがぽつりと言う。

「それに、ちょうど看板として飾っておく商品が欲しかったところじゃ。魔王とやらを倒せばふさわしい代物がドロップするのではないかと、期待しているところもある」

「……看板？」

「武器屋を始めようと思っておる」

「は……？」

俺は思わずぽかんとしてゴルグを見つめた。

「いや初耳なんだが」

「いちいちお前さんに相談なぞせんわ、気色悪い」

「お前、そんな金持ってたのかよ。武器屋っつったら屋台ってわけにもいかねぇだろ。いい場所に店を借りて、商品も仕入れなきゃならねぇし……」

「そのくらい貯めとるわ。商品も、気に入って売らずにいたダンジョン産の武器が貸倉庫にある」

「……お前普段あれだけ暴れておいて、しかも俺に弁償代を立て替えさせてた分際で、自分はしっかり蓄財決め込んでたのかよ!?」

「趣味に使う分とは分けておきたかったもんでな」

「今、趣味っつったか？」

「言っとらん」

「マジかよ……」

俺は密かにショックを受けていた。

こいつがまさか、そこまで先のことを考えていたとは……まるでまともな人間みたいだ。

なんだか負けた気分になってくる。

「……武器屋なんて、できんのかよ。金勘定は得意でも、商売は素人だろ」

「二年ほどで黒字になる予定じゃ」

そのいかつい風貌に似合わない、堅実な計画をゴルグは呟く。

「多少うまくいかずとも、なんとかなるくらいの金は持っとる」

「ふうん」

俺はついつい、茶化すようなことを言ってしまう。

「なんつーか……気が早ぇやつだな、てめぇも。武器屋なんて、歳食って冒険者を引退するじいさんが始めるような商売じゃねぇか。今からやんのかよ」

田舎出身のためか口調が古めかしく、いかつい顔に髭を生やしているせいもあって勘違いされやすいが、ゴルグは俺やレダン、ライザとそう歳は変わらない。

誰かの店を継いだとかでなければ、こいつほど若い武器屋はおそらくいないだろう。

ゴルグは何も言わない。

わずかな沈黙の後、俺は静かに問いを発する。

「つーか……やめんのかよ、冒険者」

「おう」

ゴルグは、すぐにそう答えた。

「レダンが抜け、『星狩』も解散するのなら、儂も食《く》い扶持《ぶち》の得方を考えねばならんからのぉ」

「俺がいつ、そんなこと……」

「言わんでもわかるわい」

　ゴルグが、こちらを見もせずに言う。

「レダンやライザほどではないが、お前さんとはそれなりに長い付き合いじゃ。そのくらいわかる」

「……」

「儂はこれまで、結局どのパーティーにも長居できんかった。この先もどうせ同じじゃろう。ソロもまあ、悪かないが……それよりは、ずっとやってみたかったことを始めようと思っただけじゃ」

「……そうかよ」

　俺はできるだけ、意地が悪そうに見える笑みを浮かべて言う。

「店を開いたら、冷やかしくらいには行ってやるよ」

「冷やかしなら来るでない、迷惑じゃ。来るなら用向きを持って来い」

「……。あったらな」

「おう。売りでも買いでもかまわん。売るというなら、その剣も防具も高く買ってやろう。買うというなら、お前さんの気に入ったものをなんだって売ってやろう」

「……」

「で――どうするつもりじゃ、お前さんは」

「……」

俺は、答えに窮した。

レダンやライザほどではないが、ゴルグともそれなりに長い付き合いになる。ピケが加入するまではずっと、この四人でダンジョンへ潜っていたのだ。

だから……こいつが本当は何を言わんとしているのか、俺にはわかっていた。

俺自身がこの先――『星狩』を解散させた後も、冒険者を続けるのかということ。

だからこそ、すぐには答えられなかった。

小羊が第二の封印を解いた時、第二の生き物が
「きたれ」と言うのを、わたしは聞いた。
すると今度は、赤い馬が出てきた。
そして、それに乗っている者は、
人々が互に殺し合うようになるために、
地上から平和を奪い取ることを許され、
また、大きなつるぎを与えられた。
(ヨハネの黙示録　6:3-4)

Round III "Ptolomea"

Round Ⅲ "Ptolomea"

〝トロメーア〟

十五層に降りると、魔王城の内装はさらに城らしくなった。

床には絨毯《じゅうたん》が敷かれ、左右には装飾の施された立派な柱が立ち並んでいる。天井からはシャンデリアがつるされ、壁には額縁まで掛かっていた。

ただし、中の絵はすべて黒一色で塗りつぶされていたが。

「……さて。そろそろ行くか」

セーフポイントから出た俺は、軽く伸びをしながら言った。

皆の間から声が上がる。

「はい！　次は三体目ですね！」

「ボス部屋のすぐ近くに毎回セーフポイントがあるのはありがたいわね」

「別に休まなくてもいいくらいだけどねー。四天王、大して強くもないし」

「まあそうだが、一応な」

俺は苦笑して言う。

確かに連戦でも問題なさそうだったが、せっかくセーフポイントが設置されているのに、休まないのはもったいない気がした。

俺たちは魔王城の廊下を歩いて、突き当たりにそびえる巨大な扉の前に立つ。

十四層の扉は古ぼけてみすぼらしくも見えたが、これはまったくそんな様子ではない。

金属の装飾が丁寧に施され、木材も新しいようだった。

「……なんだか、いよいよデーモン系がボスの居城系ダンジョンっぽくなってきたね」

テトが呟くと、ココルが答える。

「そうですね……魔王は、やっぱりデーモン系のモンスターなんでしょうか？」

「でも、それならこの階層から下はどうなるのかしらね」

メリナがやや眉をひそめて言う。

「十三層から十四層、それから十五層と、一層降りるごとに内装が大きく変わっているけど、もう十分城っぽく見えるわ。これからもっと豪華になるのかしら？　あまり想像できないけど……」

「……確かにな」

一般的な居城系ダンジョンの内装は、せいぜいこのくらいだ。

これ以上に華美な例はあまり知らない。

俺は言う。

「まあ、そこは実際に降りて確かめてみるしかないだろう……。それじゃあ行くぞ」

巨大な扉を強く押す。

ダンジョンの外であればとても一人では開けられないような扉だが、それは十四層の時と同じように、軋んだ音を立てながら勝手に内側へ開き始めた。

「……」

十分に開いたタイミングで、俺たちは無言のまま中に踏み入る。

部屋の内装は、外とさほど変わらない。十四層と同じだ。

だが、決定的に異なる点が一つあった。

「……へー」

テトがわずかに笑みを浮かべて呟く。

「今度の四天王は、ずいぶん派手なやつだね」

そいつは扉が開き始めた時から、部屋の最奥に堂々と立ちはだかっていた。

山羊《やぎ》にも似た顔と角。火属性なのか、その全身は赤い毛皮で覆われている。背中から伸びるのは同色の二枚の翼。蹄《ひづめ》のついた二本の脚で直立しており、その立ち姿は見上げるほどに巨大だ。目前の床には波打つ剣身を持つ直剣が突き立てられ、その柄頭に人間のような五指を持った両手を添えている。

翼が生えているのは少々珍しいものの、よくいるデーモン系モンスターといった姿形だった。

だが。

「……ただのデーモンではなさそうだな」

そいつの周囲には、すでに赤い炎がメラメラと燃え盛っている。

『――ある時、我が火種を蒔《ま》いた』

その時、部屋に声が響いた。

赤いデーモンが、わずかに顔を上げる。

『すると、人々の間に猜疑《さいぎ》の炎が燃え上がり、暗い不和がもたらされた』

「とりあえず、火属性ではあるようね」

演出が始まる中、メリナが呟く。

「これで違っていたら驚くけど」

声は続く。

『人々は互いに相争うようになった。生まれた地に、肌の色に、有する文化に、信じる神の教えに違いを見出し、かつての同胞を敵と見なして害するようになった』

「まあ、属性は火で間違いないだろう」

俺は答えるように言う。

「ケルベロスは氷ブレスを使ってきたし、フライロードも光属性魔法が効いていたから、おそらく闇属性だった。少なくとも、色は素直に属性を表していると考えていいんじゃないか」

ただ、何らかの特殊攻撃は持っているだろう。

演出は続く。

『少なき者は虐《しいた》げられた。異邦の者は迫害された。理解の及ばぬ者は敵であり、あらゆる暴力が許された。報復が起こり、更なる報復が起こり、暴力は瞬く間に膨れ上がった。終わらぬ争いの連鎖に、人々は次第に疲れ果てていった』

テトが首をかしげて言う。

「これ、今度は何がモチーフのモンスターなんだろ？　いじめ？」

「いえ、たぶんこれは……」

答えかけたココルの声に、デーモンの声が被さる。

『それにもかかわらず、人間は――未だ、希望の光を絶やしていない』

「……戦争、か？」

俺はココルに訊ねる。

「聖典に書かれているっていう、あの大規模な戦乱のことじゃないのか？」

「あー、争いって言ってるもんね」

「いえ……たぶん、戦争ではないです」

『どこまで足掻くか、人間よ。よもや、すべての災厄の根源を見つけ出すとは』

声が響く中、ココルは静かに答える。

「大きな争いには違いないんですけど、戦争っていうのは異なる共同体同士が起こすものだけを指してまして……同じ共同体の人々が争う場合は、確か別の呼び方がされてました」

「別の呼び方って？」

「ええとぉ……なんでしたっけ？　確か、そのまんまの言葉だった気がするんですけど……」

「ええ、何それ……」

照れたように笑うココルに、テトが呆れ気味の声を上げる。

『しかし、それも無意味なこと。その剣は、魔王には届かぬ。生死を共にする仲間とすら反目し、孤軍となってただ朽ち果てるのみ』

「……話している間に、本人が答えを言いそうね」

「ああ」

メリナの言葉にうなずいて、俺は剣を抜く。

「もう、演出も終わるな」

声が、一際大きく響く。

『四天王第三の円環にして第二の騎士、内乱の〝トロメーア〟』

赤いデーモンが、床から波打つ直剣を引き抜き、右手に構えた。

その周囲を取り巻く炎が、一層激しく燃え上がる。

『この先へ進まんとする者は、一切の希望を捨てよ』

最後の台詞と同時に、デーモンの上方に文字列が出現する。

〈レッド・バフォメット・ユニオンディバイダー〝トロメーア〟〉

「バフォメット、か……」

ただのデーモンではないと思ったが、やはり種族名から違うようだった。

翼を持ったデーモンすべてをそう呼ぶのだとしたら、もしかすると他のダンジョンにも似たようなのが出現するのかもしれない。

ただし……〝トロメーア〟という固有名まで持つのは、きっとこいつだけだろうが。

＊＊

バフォメットはその場から動かなかった。

しかしその代わりに、周囲の床にぽつぽつと、円形の赤い光が灯り始める。

「また取り巻きがいるパターンかー」

「今度も大したことないといいですね」

テトとココルが話す中、光った場所からモンスターが湧出《ポップ》する。

それは、ゾンビであるようだった。

朽ちかけの体を持ち、覚束《おぼつか》ない足取りで歩くアンデッド系モンスター。フラフラとこちらへ迫るその様子は、まさに典型的なゾンビの動きそのものだ。

ただし、普通のゾンビではなかった。

バフォメットが召喚したそれらは、全身が燃え盛っていた。

服はすでになく、肉体も焼け焦げて燃え落ちる寸前だ。それにもかかわらず目だけが爛々《らんらん》と輝き、一歩一歩確実に俺たちへ近づいてきている。

ゾンビの中でも、火属性を持つ比較的強力なモンスター。

「フレイムゾンビ、か……」

最終的に十体ほどにまでなったそれらを眺めながら、俺は呟く。

「意外だな。アンデッド系を出してくるなんて」

「一応、火属性で繋がりがあるからかしら」

杖を構えながら、メリナが言う。

「とりあえず、普通に戦ってよさそうね」

「そうだな」

俺はうなずいて答える。

「一番初めの攻撃パターンは、ケルベロスもフライロードも大したことなかった。あのゾンビたちはさっさと倒して次に行こう」

「オッケー！」

テトが駆け出した。

オレンジ色の軌跡とともに、ナイフが振るわれる。〃スタッブ〃を叩き込まれた正面のゾンビは、それだけであっけなく四散した。

集まってくる他のゾンビたちから一度距離を取りながら、テトはにやりと笑って言う。

「なんだ、さっきの虫より弱いじゃん」

「普段のモンスターと大差ないみたいだなっ」

ゾンビが振るう炎の腕を〃パリィ〃で受け流しつつ、俺は答える。

攻撃を受ければダメージはずっと大きいだろうが、虫とは違いこの手のモンスターには慣れている。フライロードの取り巻きよりもずっと相手しやすい。

固まっていたゾンビたちに、メリナの放った水属性魔法の水球がぶち当たった。それだけで三体が四散する。

「魔法の耐性も低いわね。本体も狙いたいところだけど……」

「やめておいた方がいいだろうな」

俺は答える。

「どうせ周りの炎が壁になって防がれるだろう。ＭＰがもったいない」

「そうね」

自分でも予想していたのか、メリナは素直に同意する。

「取り巻きが出尽くすまで待ちましょうか」

残党となったゾンビたちを、俺とテトで始末していく。

戦闘開始からほどなくして、バフォメットの取り巻きはすべていなくなってしまった。

ココルがほっとしたように言う。

「ノーダメージで終わっちゃいましたね。わたしの出番がありませんでした」

「まあ、最初はこんなもんだろう……問題は次からだ」

バフォメットはいらだったように身じろぎすると、呼吸音のような声を漏らす。

『コォォォォ……』

周囲の炎が、より激しくなる。それと同時に、再び床に光が灯った。

先ほどと同じ展開。だがその数を見て、俺は目を見開く。

「なっ……！」

「これっ、だいぶ多くないですか!?」

光の数は、先ほどの二、三倍はあった。

「うわめんどくさそー！」

「さすがに注意しないといけなそうね」

テトとメリナが身構える中、モンスターが湧出《ポップ》し始める。

その姿を見て、俺は眉をひそめた。

「ん……？」

「あれっ？　今度は普通のゾンビ？」

テトが拍子抜けしたような声を上げる。

バフォメットが再び取り巻きとして召喚したゾンビは、燃えていなかった。

薄汚い服に、朽ちかけた体を持つ、普通のゾンビだ。

いや……むしろ普通のゾンビ以上に、動きが鈍い気もする。

ココルも不思議そうに言う。

「数が多い分、弱くしてるんでしょうか……？」

「わからないが……」

その時、バフォメット本体に変化が起こった。

巨体がウィルオーウィスプほどの小さな火の玉に変わり、ゾンビの群れの上を浮遊し始めたのだ。

やがてそれは、群れの中に沈んで見えなくなってしまった。

「ええ、なにかしら……？」

「隠れちゃいましたね……」

何が何だかわからない。

だが……やることは先ほどと変わらないだろう。

「まずは、確実にゾンビを倒していこう。攻撃パターンを探るにせよ、今はそれしかない」

そう言って俺が剣を構えると、隣でテトが収納具から投剣を引き抜いた。

そして、やや険しい表情で言う。

「それなら……先に討伐ログでモンスター名を見ておこうかな。もし変なゾンビだったら、名前で何かわかるかもしれないし……っと！」

言い終えるやいなや、テトが投剣を放った。

それは正確に、真正面にいたゾンビの頭部へと吸い込まれていく。

『ヺォッ……』

投剣が頭に突き立ったゾンビが、呻き声を上げてあっけなく四散した。

二本目を構えていたテトが目を丸くする。

「えっ！　もう死んだ!?」

驚くのも無理はなかった。いくらなんでも弱すぎる。

たとえ高威力の投剣で、単なるゾンビ相手であっても、この難易度で出てくるモンスターが投剣一本で倒れるなんて普通じゃない。

ならばやはり、普通のゾンビではないのか。

モンスター名を確認しようと、ステータス画面に指を伸ばす。

だが……俺ははっとしてその手を止めた。

異変が起こっていた。

『ヺ……ヺォ……』

二、三十体はいるゾンビのすべてが――俺たちを怒りの形相《ぎょうそう》で睨んでいたのだ。
思わずぞっとする。

「おい……様子がおかしいぞ！　みんな、陣形を……っ」

『オォォォォ――ッ!!』

言い終える前に、ゾンビの群れが一斉に突撃してきた。

速い。ゾンビとは思えない動きだ。

「な、なによこれっ？」

「どうなってるんですかーっ!?」

「くっ……！」

攻撃を剣で受けながら、後衛へゾンビが流れないよう必死で持ちこたえる。

ゾンビたちは、弱かった。攻撃力もフレイムゾンビほどはなく、斬撃を一度浴びせるだけで簡単に四散していく。

だが、勢いが半端じゃない。まるで仲間を倒され怒り狂っているかのように、ゾンビとは思えない猛烈な気迫でこちらに押し寄せてくる。

「メリナーっ！　魔法お願い！」

ゾンビたちに押され、後退し始めていたテトが叫んだ。

「もうヘイトとか気にしなくていいからっ！　このままじゃ持たないよっ！」

「わ、わかったわ！」

光属性魔法の光弾が飛ぶ。

それは群れの中心にぶち当たり、数体のゾンビをまとめて四散させた。

「よし……！」

メリナにヘイトが集まってしまったが、これでかなり楽になった……と思ったその時。

ゾンビの群れが、すべて消失した。

「はぁっ？　なんで？」

ナイフを振るいかけていたテトが、困惑したような声を上げた。

俺たちの誰も、何が起こっているのかわからない。

「魔法を使ったら消えるのかしら……？　いえ、そんなわけないわね」

「エフェクトが出てないから、ＨＰがゼロになって消えたわけではないでしょうけど…………えっ!?」

ココルが驚いたように声を上げる。

「なんか……わたしにデバフがかかったみたいです」

「なんだって……？」

俺は困惑する。

そんなわけがない。【ミイラ盗り】の効果により、デバフはテトに集中するはずなのだ。たとえ無効にならない中ランク以上のデバフであっても、ココルにかかることなどありえない。

何よりあの戦闘中、ココルはゾンビから攻撃を受けていなかったはずだが……。

「あ、待ってください。これ、デバフじゃないです」

ココルがステータス画面を操作しながら言う。

「バフ……みたいです。VIT《耐久》が少し上昇してます。名前は……《戦犯の証》？」

俺は自分のステータス画面から、ココルの簡易ステータスを確認する。

確かに、そのようなバフがかかっているようだった。一人が周囲から責められているようなアイコンとともに、VIT《耐久》がわずかに上昇している。

アイコンを選択すると、そのバフの名前が表示された。

《戦犯の証》。

「いったいなんなんだ……」

突然怒り出す謎のゾンビに、なぜか回復職《ヒーラー》に付与されるバフ。なんらかの意図があるのだろうが、何もわからない。

いつのまにか、バフォメットが元いた場所で仁王立ちしていた。

気のせいかもしれないが、どういうわけかダメージを負ったような顔をしている。

『コオオオ……！』

呼気のような唸り声とともに、再び床が光り始める。

「さすがに、一回では終わらないみたいね」

メリナが呟くと同時に、床からゾンビが現れる。

しかもその数は、先ほどよりもわずかに増えているようだった。

バフォメットはまた火の玉になると、取り巻きの群れの中へ消える。

「さて……どうするか」

俺は悩む。

一体を倒せば、また先ほどと同じことになるだろう。

それでもなんとかならないことはないが……少々キツい。倒すたびに数が増えるとなればなおさら。

それにこういった敵は、絶対に本来の倒し方があるはずなのだ。できればそれを見つけたい。

「あのゾンビ……放っておいてみたらどうでしょう？」

その時、ココルが言った。

「見てください。さっきのフレイムゾンビとは違って、今の状態だとただランダムに歩き回ってるだけです。こっちに向かって来てません」

言われて気づく。

確かにそうだ。こちらに近づいてきているやつもいるが、大部分はただ漫然と歩いているだけで、向かってくる意思が感じられない。

これは普通のゾンビにもない特徴だった。

「ひょっとしたら……こっちから倒したりしなければ、攻撃してこないんじゃないでしょうか」

「えー？　でもそれからどうすんの？　バフォメット本体もいないから、ボクたちやることないじゃん」

「それはそうなんですけど……」

「……試してみましょう」

メリナが言った。

「きっと何かしら起こるんじゃないかしら」

俺たちは、ただじっと待ってみることにした。

やがて緩慢な動きで、数体のゾンビが近づいてきた。俺は思わず身を固くする。

だが、それだけだった。ゾンビは俺の隣をただ後ろへ通り過ぎていく。ココルの言ったとおり、攻撃してくる気配は微塵もなかった。

「うわ……ほんとに攻撃してこなかったよ」

「こ、こんなモンスター初めてね……」

「自分で言っておいてなんですけど、わたしも緊張しました……」

近くを通り過ぎていくゾンビを見やりながら、皆が口々に呟く。

それはそうだ。調教師や召喚士といった職種《ジョブ》でもなければ、モンスターが近くにいるのに攻撃されない経験なんて普通はないだろう。

そのまましばらく待ってみるが、何も起こらない。

「……せっかくだ。バフォメットがいた場所を見てみるか」

今も炎が燃えているのでそこまで近づけはしないが、ギリギリまで寄ることはできる。

俺たちはゾンビの群れの中を歩き始めた。

この異様な状況にも、だんだんと慣れてくる。

「……ゾンビって、一体一体見た目が違いますよね」

ココルが、近くのゾンビを観察しながら言った。

「モンスターは普通、全部同じ見た目をしているんですけど……。マンドレイクとかでも、葉っぱの付き方も茎のよじれ方も、よく見ると一緒なんですよ。でも、ゾンビだけはなぜか個性があるんですよね」

「言われてみれば、そうかもしれないな」

俺もあらためて、正面から歩いてくる二体のゾンビを眺める。

服の汚れも体の朽ち方も、明らかにバラバラだ。よく考えたら、個性があるモンスターというのは他にいない気がする。

そんなことを思っていると……ふと、左側のゾンビと目が合った。

普通なら多少緊張する状況だが、ここのゾンビだけは特別だ。

俺は剣も構えずにそいつを眺め続けた――――その時。

『オ……』

「……ん？」

目が合ったゾンビが、唐突に腕を振り上げた。

そしてその腕が、炎を上げて燃え始める。

「はっ……？」

呆気にとられる俺へと――――ゾンビが大きく踏み込み、炎の腕を振り下ろしてきた。

「なっ……!!」

とっさに剣で防ぐ。

〝パリィ〟を使うだけの余裕がなかったせいで、いくらかダメージが貫通してくる。

「アルヴィンっ!?」

「アルヴィンさん!?」

皆の驚いた声を背後から浴びながら、俺は反撃の剣を振るう。

だが、位置取りが悪かった。

剣は攻撃してきた方ではなく、右側のゾンビを斬り、そのまま四散させてしまう。

次の瞬間――――部屋のあちこちに散らばっていたゾンビたちが、俺たちを振り向いて怒りの形相を浮かべた。

「え!? うわやばっ……!」

「み、みなさん固まってください! 背後をとられることがなくなるわ!」

「わ……悪い、みんなっ!」

俺は焦る。最悪の事態となってしまった。

ゾンビが部屋に散らばったせいで、囲まれた形となっている。これなら最初から攻撃していた方がまだマシだ。

群れが突撃してくる前に、とりあえず炎の腕のゾンビだけ倒そうと、俺は剣を振るった。

思った以上に硬く、二撃当ててもまだ倒れなかったが、最後に〝強撃〟をぶち込んだらようやく四散した。

そして――――それと同時に、ゾンビの群れが消滅する。

「はあっ、また!?」

「わけがわからないわね……」

皆が混乱しきった様子を見せる中……俺は、目の前で起こった現象を観察していた。

四散した炎のゾンビから、小さな火の玉が出てきたのだ。

それはふよふよと宙へ浮かぶと、本人不在のまま燃え続けるバフォメットの炎を飛び越える。

そして次の瞬間、バフォメット本体が炎の中に現れた。

その顔は、やはり先ほどと同じように、どこか消耗しているように見える。

「あれ！？　またわたしにバフが付いてます……」

ココルの呟きを聞きながら――俺はようやく気づいた。

「そういうことか……。みんな、この攻撃パターンがわかったぞ」

「へっ？」

「ど、どういうことですか……？」

「何がわかったの？　アルヴィン……」

再び床に光が灯り始める中、俺は皆に答えるように説明し始める。

「ゾンビを倒してはダメなんだ。一体でも倒してしまうと一斉に襲いかかってくる。倒さなければ攻撃してこないから、その状態を維持しなければならない」

「それは、さっきまでそう思ってましたけど……」

「でもついさっき一体攻撃してきたじゃん」

「そうなんだ」

ゾンビが湧き始めるが、俺は無視して説明を続ける。

「ほとんどのゾンビに害はないが、一体だけゾンビではないゾンビ――――バフォメットが化けているゾンビがいるんだ」

「えっ、アレが化けたゾンビですか？」

ココルが言うと同時に、巨大なデーモンが火の玉に変わった。

ゾンビの中へ消えていくそれを見ながら、俺は続ける。

「ああ。今火の玉が群れの中に入っていっただろう？　炎の腕のゾンビを倒した時も、あれが出てきた。本体があそこに戻ったのもその直後だった」

ゾンビたちが歩き始める中、俺は続ける。

「バフォメットのゾンビだけは攻撃してくる。火属性を持っていて、攻撃力も耐久も他のゾンビよりずっと高い。だが、そいつさえ倒せば群れは消滅するんだ」

最初の時は、おそらくメリナの魔法で偶然吹き飛んでしまったのだろう。

おかげで細かい仕組みに気づけなかった。

「ゾンビを傷つけないように、バフォメットだけを倒す。おそらくこれが、本来の攻略方法だ」

「な……なるほど」

ココルが口元に手を当てて呟く。

「一般市民の中から刺客を見つける、みたいな感じですね……」

「だけどこれ、見分けるの大変じゃない？　攻撃されるまで待たなきゃいけないわけでしょう？　けっこう集中力が必要そうね……」

「……でもさ」

テトがにやりと笑って言う。

「ちょっとおもしろそうじゃん」

＊＊

ゾンビの群れの中を、俺たちはひたすら進む。

常に歩き続けることを提案したのは、テトだった。

「どのゾンビがバフォメットかわからないんでしょ？　放っておくと囲まれていくから、最悪後ろから攻撃されることになる。でもゾンビより速く歩き続ければ、少なくとも前からバフォメットにぶつかれることになるよ」

とても合理的だったので、採用することにした。

壁際でじっと待つ方が安全ではあるのだが、いつバフォメットが来るかわからず時間がかかりすぎる。誤って普通のゾンビを攻撃してしまった時の危険性を踏まえても、俺たちは自分から向かっていく方を選択した。

「どれも一緒に見えるなー」

こちらに関心のないゾンビたちをキョロキョロと見回しながら、テトが言う。

「攻撃してくる時って、どんな感じだった？」

「最初に目が合ったように感じたな」

「へー。そこは普通のモンスターみたいな感じなんだ…………ん？」

と、そこでテトが足を止めた。

その目は、斜め前方にいる一体のゾンビを見据えている。

「……あいつ、怪しい」

「は……？」

俺は思わずぽかんとしてしまう。

そのゾンビは、まだだいぶ遠くにいた。攻撃が届く距離ではなく、怪しい動きなどもしていない。

「あれがそうなの……？」

「どこが怪しいんですか？　テトさん」

「んー……」

メリナとココルに問われ、テトが考えながら答える。

「……さっき、こっち向いた気がしたんだよね」

「そ、そうか？」

俺にはたまたま進行方向がこちらだっただけに思えてならない。

テトがぽつぽつと続ける。

「思ったんだけどさ……この部屋広いでしょ？　バフォメットもランダムにだらだら歩き回るだけなら、冒険者にぶつかるまで相当かかる気がするんだよねー…………よし」

言いながら、テトが収納具から投剣を引き抜く。

「な、何する気だ？」

「みんな、一応壁際に逃げる準備してて」

例のゾンビを見据え、テトが投剣を構える。

「違ったらごめん……っと！」

テトの右手が閃き、投剣が放たれた。

それはゾンビの頭部に吸い込まれるように飛んでいき、その顔面に勢いよく突き立つ。

『オ……ッ！』

ゾンビがわずかに仰け反り、呻き声を上げた。

俺は思わず身構え、周囲にいる他のゾンビたちにすばやく目を向ける。

だが――――変化がない。

怒りの表情を浮かべているのは、投剣を喰らったゾンビだけだ。

その両腕から、炎が上がり始める。

「あったりー！」

テトが駆け出した。

その高いAGI《敏捷》によって、瞬く間に加速していく。

自らへ向かってくる盗賊へ、バフォメットのゾンビが腕を振り上げる。

「君、かくれんぼ向いてないねっ」

その胸に、〝スタッブ〟が叩き込まれた。

返り討ち《カウンター》になったのか、バフォメットが激しく仰け反り《ノックバック》しながら四散する。

ゾンビの群れが消滅。湧き出た火の玉が宙を飛び、再び部屋の最奥にバフォメット本体の姿が現れる。

俺は思わず感心してしまった。

「お、おお……」

「ふぅ……見分けるコツ摑んだ！」

戻ってきたテトが、快活な笑顔で言った。

＊＊

そこからは、攻略法に悩んでいたのが馬鹿馬鹿しく思えるくらい簡単になってしまった。

バフォメットが攻撃に移れないほど遠くから、テトが正確に他のゾンビたちと見分けてしまうのだ。

「こいつだけ、微妙にボクたちの方へ向かってくるんだよ」

バフォメットのゾンビを四散させながら、テトが言う。

「壁にぶつかって反転した時とか、明らかにこっちを見たっぽかったらそれがバフォメット。わかりやすいでしょ？」

そう言われても、全然わからない。

ゾンビの数は、今や四十体近くにまで達しているのだ。そのすべてを注意深く観察するなどできるわけがない。

だから、現状はほぼ完全にテトに任せる形になってしまっていた。

ちなみに、あれからココルのバフはなぜか増えていなかった。

タイミング的にバフォメットのゾンビを倒し、群れを消滅させれば付与されるのかと思っていたが、どうやら違うらしい。

そうこうしているうちに、復活するバフォメットはだんだん疲弊したような姿になってきた。

呼気のような唸り声も絞り出すようなものになっている。

「……次くらいで終わりそうだな」

再びゾンビが湧き出す中、俺は呟く。

バフォメットのゾンビは、ほどなくしてテトが見つけた。

「たぶんこれで最後かなっ！」

投剣が放たれる。

投剣一発と〝スタッブ〟でちょうど倒せることがわかっているので、テトは毎度そうしていた。

今回もまた、ゾンビの頭部へと投剣がまっすぐに飛んでいく。

――――だが。

「げっ……！」

その射線に、偶然別のゾンビが割り込んできた。

図らずもバフォメットを身を挺して守ってしまったゾンビは、エフェクトを散らしながらあっけなく四散してしまう。

「んっ!? 今バフが付きました！」

ココルがそんなことを言ったが、正直それどころではない。

――――すべてのゾンビが、怒りの表情でこちらを向いた。

「やばっ……！」

テトが焦ったように、ナイフを構えて駆け出そうとした――――その時。

メリナの光属性魔法が飛び、バフォメットを周囲のゾンビごとまとめて四散させた。

群れが消滅。火の玉が再びふよふよと浮かび上がる。

「まったく、危なっかしいわね」

小さく息を吐いて言うメリナに、テトが力の抜けたような声で答える。

「あ、ありがとメリナ……。バフォメットのゾンビ、見分けついてたんだ」

「ついてないわよ」

メリナが鼻を鳴らして言う。

「でも、あなたが狙っていたゾンビがどれかくらいはわかったわ。これまでずっと見てたんだから」

復活したバフォメットは、ついに膝を突いていた。

もう、床が光ることもない。

「……やっと攻撃パターンが変わりそうだな」

俺が呟いたその時。

『コォォォォオオオ……！』

バフォメットが、長い唸り声を上げた。

周囲で燃え盛っていた炎が消失する。そして、それが移ったかのように――手にしていた波打つような剣身を持つ直剣に、眩《まばゆ》いばかりの炎が灯った。

ごうごうと燃え盛る剣を杖のように使い、怒りを振り絞るかのごとくバフォメットが立ち上がる。

顔が山羊のせいでわかりにくいが、歯を剥き出しにするその表情は、明らかに激怒しているようだった。

俺は皆へ叫ぶ。

「最後の攻撃パターンだ！　これまでどおり確実にいくぞ！」

皆の応える声とほぼ同時に、バフォメットが炎の剣を振り上げた。

一番近くにいた俺へ振り下ろされるそれを、正面から受ける。

「くっ……！」

ダメージがいくらか貫通してくる。

ケルベロスやフライロードより、本体は確実に強い。

炎の熱に顔をしかめつつ剣を受け流すと、そのまま〝踏み込み斬〟を発動。AGI《敏捷》以上の速度で距離が詰まり、バフォメットの右足に斬撃が叩き込まれる。見ると、テトも左足をナイフで切り裂いていた。

こういう背の高い敵は、まず足を攻撃して膝を突かせるのがセオリーだ。皆、当然わかっている。

攻撃力の高い炎の剣に苦労しながらも着実に攻撃を加えていると、やがてバフォメットが唸り声とともに膝を落とした。

『コォォ……ッ』

好機と見た俺たちは、一斉に攻撃を始める。

〝強撃〟と〝スタッブ〟が叩き込まれ、最後にメリナの水属性魔法がぶち当たった。かなりのダメージが入ったようで、バフォメットが立ち上がれないまま仰け反り《ノックバック》する。

「……よし！」

この奇妙なデーモンにも、セオリーは有効なようだった。このまま続ければ倒せる。

それから俺たちは、ひたすら足を攻撃し、膝を突いたら追撃するというパターンを繰り返した。

バフォメットは攻撃力こそ高いが、動きは平凡で読みやすい。これまで何度もボスや中ボスを倒してきた俺たちにとっては簡単な相手だ。

そうしてかなりのダメージが積み重なり、そろそろＨＰも尽きる頃かと思われた――その時。

『コォォッ……!!』

バフォメットの目が光り、その蹄のついた脚を大きく振り上げた。

俺は焦る。

「まずっ……!」

あわてて退避を試みる。

だが、間に合わなかった。振り下ろされた脚は命中こそしなかったものの、床を激しく振動させる。

こらえきれず転倒してしまった俺の耳に、テトのあわてたような声が飛び込んでくる。

踏みつけ《ストンプ》攻撃だった。

「うわっ……!」

右方を見ると、テトも同じように尻餅をついていた。

俺は歯がみする。踏みつけ《ストンプ》攻撃は足元に張り付く際、最も気をつけなければならない攻撃だが、ここまで使われる気配がなかったせいで油断していた。

「アルヴィン!?　テト!?」

後方でメリナが焦ったような声を上げた。正面では、バフォメットが炎の剣を振り上げている。俺たちへ一歩踏み込むと、そのまま姿勢を大きく下げ、地を這《は》うような横薙ぎを放つ。

「ここで範囲攻撃だと……っ!?」

これも初見の攻撃だった。

焦るが、もうどうしようもない。

せめてダメージを減じようと、転んだ体勢のまま剣を立てた――――その時。

白い神官装束が、目の前に躍り出た。

「はっ……?」

思わず目を丸くする。

地を這うように振るわれた炎の剣。それを、ココルがメイスで受け止めていた。

とっさに貫通ダメージを心配し、簡易ステータスで確認するが……ココルのＨＰはほとんど減っていない。

浮かんだ疑問に眉をひそめる。超高レベルとはいえ、ココルは回復職《ヒーラー》だ。メイスで正確に受けられたのだとしても、これほどＨＰが減らないのはおかしい……とまで考えて、俺は気づいた。

――――今のココルには、謎のＶＩＴ《耐久》上昇バフが三つも付いている。

「こんなに硬くしてくれてーっ」

ココルがメイスを大きく振るい、炎の剣を弾き返した。

そのままの勢いで一歩踏み込み、どこかうろたえたようなバフォメットの顔を見据えながら、メイスを下段に構える。

「ありがとうございましたぁーっ!!」

高く跳躍しながら――ココルがメイスを振り上げた。

それはちょうど、頭を下げてしまっていたバフォメットの顎に、気持ちがいいくらいきれいに命中する。

『コォォォッ……!?』

バフォメットが、呼気のような唸り声とともに激しく仰け反り《ノックバック》した。

よろめくようにして後ずさり、その手から剣を取り落とす。

波打つ剣身で燃え盛っていた炎は、まるで燃料が尽きたかのように消えてしまった。

その姿を見て、俺は呟く。

「っ……終わった、みたいだな……」

これまでの四天王と同じように、バフォメットの姿は急にボロボロになったかのように見えた。

『――どこまで足掻くか、人間よ……よもや、この我を倒すとは……』

声が再び、部屋に響き渡る。

息を整えながら、俺は終わりの演出を見守る。

『だが、猜疑の炎は消えぬ……魔王を倒さぬ限り、災いは止まらぬ……最後の騎士は、我らとは次元が違う強さだ……』

「……そういえば、このバフォメットも剣を持ってたわね」

メリナがぽつりと呟いた。

「最後の四天王も、やっぱり騎士というだけあって武器を持ったモンスターなのかしら」

『この先で知るがいい、人間ども……もはや希望など、どこにも残されていないことを……』

これまでの四天王とまったく同じ台詞を残し――巨大な炎のデーモンは、壮大なエフェクトとともに砕け散った。

＊＊

「――やったーっ!!　やりましたよっ！　わたし、中ボスのキルをとったのなんて初めてです!!」

突然、ココルが大きな声を上げた。

俺は少々驚きながら振り返る。

神官の少女は、心から満足げな笑みを浮かべていた。

「前から一度、やってみたかったんですよね……！」

「……はあ。驚かせないでよ、まったく」

隣のメリナが、どこか呆れたように言う。

「さっきはうまくいったけど……あの場面なら、アルヴィンとテトが攻撃を受けてから治癒《ヒール》をかける方が確実だったんじゃないの？　別にあんな無茶をする必要なんてなかったでしょう」

「無茶じゃないですよっ」

ココルが胸を張って言う。

「アルヴィンさんとテトさんのダメージから、攻撃力の程度はなんとなく摑めてました。神官は元々ＳＴＲ《筋力》が高めですし、それにＶＩＴ《耐久》上昇バフもかかってましたからね！　ぜったいうまくいくと思ってましたよ！」

「まあなあ……」

俺は苦笑交じりに呟く。

回復職《ヒーラー》のイメージが強い神官だが、実は装備によっては前衛をやれるくらいＳＴＲ《筋力》が高くなる。

ココルのレベルや、妙に上手いメイス捌《さば》きを考えれば、確かに決して無茶ではなかっただろう。

ただ……。

「でもびっくりするから、今後はなるべく控えてくれな……」

「そうそう！　万が一ココルが倒れたらパーティーが崩壊するんだからねー！」

「はい、そうですよね。もうやめておきます……今回ので満足しましたし」

ココルがしれっと付け加える。

やっぱり、やってみたかったというのもあったらしい。

テトがステータス画面を見ながら呟く。

「それにしてもさ、なんだったんだろーね。ココルについてたバフ」

俺も釣られて、パーティーメンバーの簡易ステータスを確認する。

ココルに三つ付いていた謎のＶＩＴ《耐久》上昇バフ、《戦犯の証》は、時間経過で消えたため今は一つになってしまっている。

「確かバフォメットの方じゃなくて、普通のゾンビを誰かが倒すと、自然とかかってたよね。でも倒した人ならともかく、戦闘に関わりなかった回復職《ヒーラー》にかかるって……どういうこと？」

「難易度調整のための救済措置じゃないのか？」

俺はなんとなく考えていたことを話す。

「あのゾンビは、湧出《ポップ》するたびに少しずつ数が増えていただろう？　攻略法をなかなか見つけられないとすぐに詰みかねないから、回復職《ヒーラー》を守るための措置だったとか」

「うーん、回復職《ヒーラー》だけＶＩＴ《耐久》上げても意味あるかなぁ……」

「えーっと……あのゾンビは、インフラマブル・ゾンビって名前だったみたいですね」

討伐ログを見つめながら、ココルが言う。

「名前から何かわかるかもと思ったんですが、何もわかりませんね」

「初めて聞く名前だな」

おそらく、ここでしか出てこないモンスターなのだろう。

その時、口元に手を当てて考え込んでいたメリナがおもむろに言った。

「たぶん……私たち、勘違いしてるんじゃないかしら」

「えっ、何をですか？」

「あのバフ、きっと本来は回復職《ヒーラー》に付与されるものじゃないのよ」

メリナの言葉に、俺は首をかしげる。

「どういうことだ？」

「戦闘に関わりなかった人にバフがかかるって、やっぱりおかしいわ。私たち、こう言ってはなんだけど変なスキルが多すぎて、攻撃パターンの意図がわかりにくくなってるんじゃないかしら」

「まあ、変なスキルは確かに多いが……」

「あのバフ、本当はインフラマブル・ゾンビを倒して、群れを怒らせてしまった人にかかるものだったとしたらどう？」

「ええ……？」

俺は思わず眉をひそめた。

確かにその方がまだ納得しやすいが……。

「だが最初にキルをとったテトにも、次に倒した俺にもバフはかかってないぞ」

「デバフがテトさんに集中するんだったらわかるんですけど、バフがわたしに集中するって……別にそんなスキルは持ってないんですが……」

「何言ってるのよ。持ってるじゃない」

「え？」

「【首級の簒奪者】の効果よ」

「え？　あーっ！　そういうことですか！」

遅れて、俺もようやく気づく。

「そうか。インフラマブル・ゾンビはすべて、ココルがキルした扱いになっていたから……」

「バフが全部わたしにかかってたんですか！」

俺は思い出す。そういえばココルのマイナススキルは、パーティーメンバーがキルしたモンスターを自分がキルしたと見なすものだった。

今まではキルボーナスの独占と、キルした際に発動するスキルの抑制くらいしか気にしたことがなかったから、元々そういう効果だったことを忘れていた。

「それはわかったけどさ……」

テトが難しい顔をして言う。

「結局、バフがかかるのってなんでなの？　アルヴィンが言うように救済措置？」

「それもあると思うわ。前衛のＶＩＴ《耐久》が上がれば、ゾンビが多少増えても楽になるしね。でも、たぶんそれだけではないと思う」

メリナが神妙な顔で言う。

「そのバフ……きっと、ミスした人を晒し上げるためのものなのよ」

「晒し上げる……？」

「バフの名前、《戦犯の証》でしょ？　それに付与されるのは、うっかり普通のゾンビを倒して群れを怒らせた人だわ」

「……そうか。それで戦犯か」

俺もなんとなく意図がわかってきた。

メリナが続ける。

「バフが誰についたかは、簡易ステータス画面を見れば誰でもわかる。それにＶＩＴ《耐久》が上昇すると、一人だけ被ダメージが減ることになるでしょう？　それを見た仲間はどう思うかしら」

「腹を立てる、かもしれないな……」

ミスした上に一人だけ安全になるなんて、周りからしたら冗談じゃないだろう。まさに戦犯だ。

テトが訊ねる。

「じゃあのバフ……仲間割れを誘うものだったってこと？」

「ええ。そう思うわ」

メリナがうなずいて言う。

「だってあれ、内乱がモチーフのモンスターだったでしょう？」

確かに、そう考えた方が何もかもしっくりくる。

まさか、こんな盤外戦術を仕掛けてきていたとは……。

「なんと言いますか……」

ココルが微妙な顔で呟く。

「ずいぶんせこいことしてくるモンスターだったんですねー！」

「デーモン系って、もっと正々堂々戦ってくるイメージだったんだけどなー」

「挙げ句、バフを全部ココルに吸われてたら世話がないわね」

「本体はけっこう強かったのにな。最初から普通に剣で戦われてた方が厄介だったんじゃないか？」

皆でバフォメットをボロクソに言う。

変なモチーフを押しつけられていない普通のバフォメットの方が、もしかしたら強かったくらいかもしれない。

「まあ、たとえ【首級の簒奪者】がなくても、関係なかったですね！」

ココルはにっこり笑って言う。

「わたしたちに内輪揉めとかありえませんから！」

＊＊

「はあ……やれやれ……」

四散する赤いデーモンのエフェクトを眺めながら、俺は小さく息を吐いた。

厄介な攻撃パターンのせいで一時はヒヤリとしたが、それでも結局なんとかなってしまった。

このパーティーは、思えばいつもそんな感じだ。

「ヒューゴ」

疲れた首を回していると、背後から声がかかる。

白い髪に小さい背丈をしたその姿は、魔導士の少女ピケだった。

なんだ？　と訊ねかけて、俺はやめる。

表情こそ無みたいなものだったが、なんとなく言ってほしそうなことの察しがついたからだ。

やれやれと内心で思いながらも、俺は笑みを浮かべ、フードの上からピケの頭を雑に撫でてやる。

「よお。今回はお手柄だったな、ピケ」

「……ん」

ピケはわずかに満足そうな顔で、俺に撫でられるがままにしていた。

まあいいだろう。今回は本当に、こいつがいて助かった。

俺は苦笑しながら言う。

「お前、ちゃんと人の顔も覚えられたんだな。俺たち以外の冒険者のことは未だに顔と名前が一致してねーのに」

「人じゃない。ゾンビ」

ピケが無表情のまま訂正する。

二つ目の攻撃パターンで、俺たちは序盤、攻略方法がわからず本当に苦労した。

最初はバカ正直に怒り狂うゾンビの群れを相手していたのだが、数が多くなるにつれキツくなってしまった。

仕組みが分かってからは、バフォメットが変化したゾンビのみを狙うようにしたのだが、それも簡単にはいかなかった。

接近しないと攻撃モーションに入らないので、直前まで区別がつかない。そのせいでどうしても中途半端な位置取りから戦闘に入ることになり、うっかり周囲のゾンビを攻撃しては囲まれた状態から群れに襲われることもあった。

どうしようかと悩んでいたところ――――それをピケが、常識外の方法で解決してしまったのだ。

こいつは、湧出《ポップ》したゾンビをすべて覚えていると言い出した。

他のモンスターにない特徴として、ゾンビ系モンスターはその見た目が一体一体違うというものがある。

バフォメットは普通のゾンビがすべて湧出《ポップ》した後、群れの中に追加で現れる。だから湧出《ポップ》した分のゾンビをすべて覚えておけば、見覚えのないゾンビがバフォメットだとわかる……というのだ。

なんだそりゃ、と思った。理屈は通っているが、普通そんなことできるわけがない。

だが、ピケは成し遂げてしまった。こいつは本当に、バフォメットとそれ以外のゾンビを見分けられたのだ。

群れが湧出《ポップ》しきった後、俺がピケを肩車する。そうして上からバフォメットを探し、見つけたら水属性魔法で周囲のゾンビごと吹き飛ばす。

それを繰り返すだけで、あっさり攻略できてしまった。

バフォメットを取り逃がし、群れを怒らせてしまうことは一度もなかった。

思わず唖然としたが……まあ、よく考えればこいつならできてもおかしくはない。

俺は呆れ混じりに言う。

「お前はほんと、魔導士やる才能だけはあるよな」

普段は生活能力皆無で、借りている部屋も散らかり放題、約束の時間にも平気で遅刻してくるこの少女は、しかし記憶力だけは抜群によかった。

どれくらいいかというと、なんと全属性の呪文をすべて暗記しているというのだ。しかもレベル的に、自分がまだ使えないものまで。

魔導士として、これは破格の才能だった。

魔法職は、ただ呪文を覚えておけばいいだけではない。状況に応じて適切な呪文を瞬時に選ぶことも求められる。

だから、誰もがせいぜい三つか四つの属性を覚えるだけで終わる。あまり多く覚えたところで、とっさに出てこないらしいのだ。記憶力に自信のない者などは、単系統に逃げて赤魔導士や黒魔導士に転職することも珍しくない。

それを踏まえると、全属性を自在に使える魔導士というのは、およそ常識外と言ってよかった。

少なくとも、俺はピケが呪文をド忘れしているような場面を見たことがない。いつだって敵の弱点となる属性の魔法を、この少女は迷いなく唱えていた。

こいつを拾ったのはほんの気まぐれだったが、まさかここまで使えるやつだとは思わなかった。

まあ、普段の世話で散々苦労させられているわけだが。

俺は首を押さえながら言う。

「しっかし……首疲れたな。肩車なら俺じゃなくてゴルグに頼めよ」

「ゴルグだと、高すぎて怖い。ヒューゴがちょうどいい」

「……別にいいけどよ。お前、大して重くもないし」

肩車はさすがに初めてだが、おぶってやったことは一度や二度ではない。

まあなんにせよ、無事倒せてよかった。

しいて問題があったとすれば、俺についた《戦犯の証》をレダンのやつが煽ってきてウザかったくらいだが……いつもそんな感じなのですぐ忘れた。

四天王は残すところあと一体。

その次はいよいよ魔王だ。

それで、このダンジョンもクリアだろう。

ケルベロスの守っていた門へ向かわない、本来のルートがどうなっていたのか気にはなっていたが……もう十分だ。

『星狩』最後の冒険としては、これで。

「ねぇ、ヒューゴ」

ピケがそう呼びかけてくる。

「次は、どこに行くの？」

「……次？」

「次のダンジョン」

ピケは、俺をまっすぐに見上げて言う。

「魔王城をクリアしたら、次はどこに行く？」

俺は思わず、少女の顔から目を逸らしてしまった。

「……ねぇよ」

できるだけ、なんでもないことのように言う。

「次は、ねぇ。『星狩』は……もう解散するからな」

「……なんで」

ピケが問いかけてくる。

その表情は変わっていなかったが、俺には怒っていることがわかった。

ただ……それでもどこか予想していたのか、驚いているような様子はない。

「やっぱり……レダンが抜けるから？」

「……ああ」

「それなら」

ピケが俺の袖を摑む。

「解散したら、ヒューゴともう一回、パーティーを組む」

「……あ？」

「それならいいでしょ？」

まるで屁理屈をこねる子供のように、ピケは言う。

「私、役に立つよ。強いから。ね、どう？　ヒューゴ」

「……ダメだっつーの」

俺は、短くそう答える。

「お前とパーティーは組まねぇよ」

「……なんで」

ピケの表情は変わらない。

ただ、どこかむっとしたように続ける。

「なにがだめなの。もう遅刻しない。部屋も片付ける。迷子にもならない。だからいいでしょ。ねえ、ヒューゴ」

ピケがそう言って、俺の袖をぎゅっと引っ張る。

「……ダメだって言ってんだろ」

俺は、それを乱暴に振り払った。

「お前……もうやめろよ。冒険者」

「え……」

「いつまでこんなことやってんだ。いい加減、家に帰れ」

俺は、わずかに困惑した様子のピケに、ぶっきらぼうな口調で言う。

「家出して、もう一年半だぞ。十分だろ。そろそろ帰れって。……親も心配してんだろうが」

こいつを拾ったのは、今から一年半前のこと。

きっかけは、ささいな偶然だった。

世間知らずそうなガキが、最初のパーティーを追い出されて途方に暮れているのをたまたま見かけてしまい、哀れに思ってしまったのだ。

最初は失敗したと思った。こいつはあまりにもだらしなかったのだ。

約束の時間は守らない。持ってこいと言った物も持ってこない。挙げ句すぐ迷子になる。こいつのために、遭難したとき用のステータス画面を使った符号をわざわざ取り決めたほどだ。

ただ、冒険者としては優秀だった。

今ではレダンと並ぶ、『星狩』の立派な火力役だ。こいつの立てた手柄は今日に限らない。

だが――――もういい加減に終わりにするべきなのだ。

俺が『星狩』を解散するのは、こいつを俺たちから解放するためでもあった。

俺は続ける。

「確か、親が魔法学園のお偉いさんなんだったか？　ちょうどいいじゃねーか。せっかくそんなに魔法を覚えたんだから、コネで学園に入り直せよ」

「……やだ」

ピケが、わずかに唇を引き結ぶ。

「帰らない。まだヒューゴと冒険者続ける」

「言うこと聞けって。こんなところで、お前の人生を無駄にすんなよ」

俺はもう一度、ピケの頭をフード越しに撫でる。

「俺はな……親や兄貴たちと喧嘩して、生まれの村を飛び出したんだ。それで仕方なく、冒険者になった」

「……」

「今思えばくだらねぇことがきっかけだったよ。だが、もう戻れねぇ。兄貴たちもとっくに所帯を持ってるだろうし、こんなに長く離れちまえばもうよそ者だ。今の村に俺の居場所はねぇんだよ。だけど……お前は違うだろ」

「……」

「まだガキだ。たったの一年半だ。余裕で戻れる。家に帰って、親に謝って、それから学園に行けよ。一年半前はうまくいかなかったのかもしれねぇけど、今じゃ学園くらい余裕だろ。お前、クソでかいデーモンすら倒せるようになったんだぞ。同級生の生意気なガキどもなんてしばき倒してやれよ。なぁ」

「……」

ピケは、いつのまにかうつむいてしまっていた。

そんな魔導士の少女を見て、俺の口は勝手に言葉を紡ぐ。

「お前が冒険者を続けたところで……俺はもう、付き合ってやれねぇぞ」

「え……」

「俺も――――冒険者をやめるからな」

自然と、そんなことを言ってしまっていた。

ピケが驚いたように顔を上げる。

「そ、そうなの……？　ヒューゴも、冒険者やめちゃうの……？」

「ああ……。こんな稼業、長く続けるもんじゃねぇからな。潮時だ」

「冒険者やめて、なにするの？」

「……さあな。まだ決めてねーよ。なんでもできんだろ、金はあるんだ」

誤魔化すような言葉が、勝手に口から出てくる。

ただのでまかせだった。

そんなこと、まったく考えていない。というか何も考えていない。ただピケを説得するために、適当なことを言っているだけにすぎなかった。

俺自身、本当はどうしたいのだろうか？

「…………。わかった」

長い沈黙の末に、ピケがそう呟いた。

俺は内心でほっと胸をなで下ろす。

「ああ。その方が……」

「それなら、ヒューゴも一緒に帰ろ」

「……は？」

「学園で働かせてあげるから」

ピケがそう言って、再び俺の袖を掴む。

「パパに頼んで、用務員さんにしてあげる。どう？」

「どう、って……」

「やること、決めてないんでしょ？　ならいいよね、ヒューゴ」

俺は、思わず呆気にとられてしまった。

困惑しながら答える。

「いや、ちょっとな……」

「お給料、高くする。お休みもいっぱいあげる。広い家も、パパに頼んで見つけてもらう」

ピケが口を尖《とが》らせて言う。

「ヒューゴがいるなら、私もがんばるから」

「はは……いや、勘弁してくれよ」

俺は、戸惑い混じりの苦笑とともに軽口を叩く。

「なんだよ、お前……そんなに好きだったか？　俺のこと」

そう言った瞬間――思わぬことが起こった。

ピケが目を見開いて、微かに頬を赤く染めたのだ。

そのまま、立ち尽くしたかのように硬直している。

「…………へ？」

予想外のリアクションに、思わず目が点になる。

ピケは、いきなり怒った表情になって、俺を睨んで言った。

「……ばかっ」

袖から手を離し、くるりと俺に背を向ける。

そして、アイテム整理をしているライザの方へ駆けていってしまった。

勢いのまま糸目の聖女に抱きつき、そのまま何かを話しているようだが、ここからではよく聞こえない。

俺は呆然とその場に立ち尽くし、今の一連の流れを思い返す。

「……マジか……」

小さく呟き、ダンジョンの天井を見上げた。

動揺を抑えるようなものは、残念ながら何も見つからない。

それから、ピケにされた提案を思い返す。

「……用務員、ねぇ……」

自分がそんなことをしている姿は、まったく想像できなかった。

小羊がその七つの封印の一つを解いた時、
わたしが見ていると、四つの生き物の一つが、
雷のような声で「きたれ」と呼ぶのを聞いた。
そして見ていると、見よ、白い馬が出てきた。
そして、それに乗っている者は、
弓を手に持っており、また冠を与えられて、
勝利の上にもなお勝利を得ようとして出かけた。
(ヨハネの黙示録　6:1-2)

RoundIV
"Judecca"

Round Ⅳ "Judecca"

〝ジュデッカ〟

俺たちは魔王城十六層へと到達した。

これまでは階層を降りるごとに城らしい内装へと変化していたが……十六層は、少し様子が違っている。

「なんだか……十五層より古くなってません？」

廊下を進む途中、ココルが周りを見回しながら言った。

その通りだった。

隙間なく敷き詰められていた長方形のレンガは、ところどころが欠けて穴が開いている。絨毯の色はくすみ、額縁は床に落ち、シャンデリアには蜘蛛《くも》の巣が張っていた。

灯りの一部が消えているせいか、上の階層よりも幾分か薄暗い廊下を、俺たちは進む。

「まさか、こういう風に変わるとは思わなかったわね」

メリナが言った。

「やっぱり、普通のダンジョンとはちょっと違うみたい」

＊＊

廊下の突き当たりには、これまでと同じように大きな扉と、その傍らのセーフポイントがあった。

そこで一休みした俺たちは、扉の前に立つ。

装飾の具合などは十五層と同じ程度だが、やはり錆《さび》が浮いたり木が朽ちたりしていた。

「いよいよ四天王も最後かー。次はなんのモンスターなんだろーね」

頭の後ろに手を組み、軽い声でテトが言う。

「みんなで当ててみる？」

「わかるわけないでしょ……。今までの流れに、なんの法則もなかったじゃない」

「モンスターの種類は、モチーフとも特に関係なかったですしね」

「まあいいじゃん。ボクは植物系だと思うなー。一回くらい来るでしょ」

テトの言葉に、ココルとメリナが渋々考え始める。

「えー、じゃあわたしは……水系にします！　マーマンとか魚とか。これまで水系ギミックは来てなかったですし、内装がぼろぼろになってるのもきっと浸水したせいなんですよ」

「妙に説得力あるけど、でも水系って範囲広くてずるくない？　うーん、それなら私は……石系にするわ。ゴーレムとかガーゴイルみたいな。中ボスや固定シンボルの定番なのに、これまで来てなかったのはちょっと不自然だもの。魔王へ続く道の門番のイメージにも合うわね」

意外とノリノリで言った二人が、俺に話を向けてくる。

「アルヴィンはどう？」

「なんのモンスターが来ると思いますか？」

「俺か？　俺は……」

少し考えた後、にやりと笑って言う。

「今挙がったうちの、どれでもないモンスター、だな」

「えーっ！　ずるくない？」

「それは反則ですよ！」

「待て待て。落ち着け」

俺は、抗議するテトとココルをなだめながら言う。

「これまで出てきたモンスターを考えてみてくれ。ケルベロスは獣系、フライロードは虫系、バフォメットはデーモン系。それから今挙がったのが、植物系に水系に石系だろ？　あと何が残ってるんだ？」

「えっと……なんかある？　ココル」

「巨人とか魔人みたいな、人系……でしょうか？」

「人型なら、バフォメットとちょっと被るだろ？　アンデッド系もあるが、中ボスには少ないうえに、やっぱりバフォメットが取り巻きとして使ってきている。どちらも可能性は低い」

俺は主張する。

「だったら、そのあたり全部まとめてその他でもいいじゃないか。な？　メリナ」

「私に振るの？」

メリナが少し笑いながら言う。

「ま、妥当なところだと思うわ。私たちのも十分範囲広いしね」

「うーん、メリナさんが言うなら……」

「じゃあそういうことでいいよ。アルヴィン」

「よし。楽しみだな」

俺は笑って言う。

なんとなく、当てる自信があった。

最後の四天王はおそらく、誰も知らないモンスターである気がしていたのだ。獣系でも虫系でもデーモン系でも、植物系でも水系でも石系でも、人系でもアンデッド系でもない、未知のモンスター。

「……私たち、思えば中ボス戦を前になんでこんなこと真剣に話してるのかしらね。別に何か賭けてるわけでもないのに」

冷静になって思ったのか、メリナが微妙な表情で呟いた。

俺は苦笑して答える。

「まあいいじゃないか。こういうのも冒険の楽しみということで」

そう言いながら、俺は扉を強く押した。

強く軋んだ音とともに、巨大な扉がゆっくりと開いていく。

全員で部屋の中へ歩み入る。

そいつは最初から、部屋の奥に浮いていた。

全身から光を放っているかのようなその神々しい姿に、俺たちは思わず見入ってしまう。

「……予想は、俺が当たったみたいだな」

わずかに引きつった笑みとともに、俺は呟く。

そいつはシルエットだけを見れば、巨大な人間と言えた。

バフォメットほどではないものの、人の二、三倍はあろう背丈を持ち、二本の足と二本の手を有する、人型のモンスター。

ただ、巨人や魔人といったモンスターとは、明らかに様子が異なる。

そいつは背に、六枚の白い翼を生やしていた。

『――――ある時、我が光を灯した』

部屋に、声が響いた。

それはこれまでの四天王の、どれよりも高い声だった。

『すると、世界が遍《あまね》く照らし出され、そのすべてが露《あら》わとなった』

その中性的な声は、そいつに似つかわしく思えた。

ひらひらとした純白の装束。巨大ではあるが細い体。その割に厳《いか》めしい肩幅。モンスターの造形にも性別が意識されていることは多いが、こいつは男とも女とも言えない造形だ。

長い髪は老人のように白く、袖から覗《のぞ》く肌は死人のように白い。顔はのっぺりとした、これまた白い仮面で覆われている。

右手にはメイスを携えていた。ただし、神官が持つような儀礼用のメイスではない。高耐久の相手を痛撃するような、武器としてのメイスだ。

六枚の白い翼を広げ、浮遊するその姿はまるで――、

『人々は知った。隣の土地には、豊かな畑があることを。川の向こうには、金を生む山があることを。砂漠の先には、油の湧く泉があることを。人々はそれらを、ひどくうらやんだ』

「……天使？」

ココルが呆然と呟く。

そいつは確かに、聖典に記されているという天使の姿に似ていた。

『それらを手に入れるため、人々は攻め入った。隣の土地へ、川の向こうへ、砂漠の先へ。住民たちは殺され、富は収奪され、文化は失われた』

「……まさか、天使型のモンスターとはね」

メリナが、やや硬い声で言う。

「初めて見たわ。というか聞いたこともなかったけど。……まさか、アルヴィンの予想が当たると

は思わなかったわね」

「……俺も、こんなモンスターだとは思ってなかったけどな」

話す俺たちを余所に、声は続く。

『すべてを破壊し、手に入れ、人々はようやく気づいた。自分たちもまた、光によって照らし出されていたことに。ひどくうらやんだ目で、別の人々から見られていたことに』

「……今度こそ、戦争がモチーフのモンスターみたいだね」

テトが小さく言う。

「やっぱり、災厄のうちに入ってたんだ」

『破壊が繰り返された。侵略に次ぐ侵略によって、様々なものが上書きされ、消滅した。それも仕方のないことなのだと、人々は次第に諦めるようになっていった』

演出が続く。

天使の語る戦争の内容は、およそ荒唐無稽なものに思えた。とても現実に起こるとは思えない。所詮は聖典に記された架空の出来事だから、仕方ないのかもしれないが……。

『それにもかかわらず、人間は――未だ、希望の光を絶やしていない』

「……そろそろだな」

俺は剣を抜く。

飛行しているモンスターなら、剣が当たるのは接近した時だけだ。

魔法は当たるとしても、あまりメリナにばかりヘイトは集められない。取り巻きを出してきたりしない限りは、序盤は守りが中心になるだろう。

『どこまで足掻くか、人間よ。よもや、すべての災厄の根源を見つけ出すとは』

「……今度は変な攻撃パターン、ないといいですね」

「え、そーお？　ボクは望むところだよ。その方が楽だし」

「それは、今までがスキルでうまく無効化できていたからでしょう……。今回もそうとは限らないわ」

「そうだな」

俺は短く言う。

あまり都合のいい展開は期待しない方がいいだろう。

ただ――――、

『しかし、それも無意味なこと。その剣は、魔王には届かぬ。お前たちもまた、より大きな力によって滅び行くのみ』

俺は小さく笑って言う。

「まあ俺たちなら、正面から戦っても倒せるさ」

純白の天使が、六枚の翼を大きく広げた。

まるで闇を切り裂くかのように、白いメイスが振るわれる。

『四天王第四の円環にして第一の騎士、征服の〝ジュデッカ〟――この先へ進まんとする者は、一切の希望を捨てよ』

台詞と同時に、天使の上方に文字列が表示される。

〈ホワイト・セラフィム・オーバーライター〝ジュデッカ〟〉

種族名は、どうやらセラフィムというらしい。

俺は皆に向けて言う。

「さあ、最後の四天王だ――集中していくぞ」

＊＊

天使が俺たちを見下ろしながら、空中を浮遊する。

と思いきや、いきなり翼を羽ばたかせて急降下してきた。

白いメイスが振るわれる。

「くっ！」

俺は剣で受けるが、決して少なくない量のＨＰが減少する。

さすがに最後の四天王ともなると、攻撃力もかなり高いようだ。

「今度は取り巻きいないんだねっ！」

テトが投剣を放った。

天使の翼や胴体に命中する。特に意に介した様子はないものの、ＨＰは確実に減っていることだろう。

ただ、俺はわずかに眉をひそめた。

上空に戻っていく天使を見やりながら、テトへ声をかける。

「テト……もしかして、弱点部位の見当が付かないのか？」

「うん、さすがにわかんない」

天使から目を離さずに、テトが答える。

「どこかにはあると思うけど……狙いやすいところを狙うしかないよ」

「……それもそうだな」

無理もなかった。なにせ、これまで聞いたことすらもない天使型のモンスターなのだ。

セラフィムが急降下してくる。今度の狙いはテト。

「っと！」

振り下ろされるメイスを、テトは【短剣術】の防御スキルで防いだ。

天使の真下に入るように、テトが大きく踏み込む。

そして、もっとも低い位置に来ていた足に向け、ナイフを振るった。

「っ！　あーもう！」

だが天使が空中に戻りかけていたために、刃先がかすっただけだった。

正しく当てられないと、どんな武器でも与えられるダメージは大幅に減ってしまう。宙を飛んでいる相手の場合、ナイフのようなリーチの短い武器は不利なのだ。

俺は声をかける。

「難しそうか？　テト」

「んー、タイミング合えばいけそうだから大丈夫！」

テトが、若干もどかしそうな声で答える。

「ダメでも投剣でダメージ稼ぐよ！」

「オーケー」

俺はわずかに笑って剣を構える。

それからの戦闘は、対飛行モンスターのセオリー通りに進んだ。

メイスによる急降下攻撃を俺とテトで受け、そのタイミングで反撃を行う。テトもだんだん攻撃パターンに慣れてきたのか、投剣だけでなくメイン武器のナイフも当てられるようになってきた。

そろそろ攻撃パターンも変わりそうに思われてきた、その時。

「……ん？」

天使が空中で静止した。

その翼がぐっと広げられる。

俺はピンときて叫ぶ。

「ブレスが来るぞ！」

その言葉の直後――翼から放たれた無数の羽根が、俺たちに襲いかかってきた。

とっさに〝パリィ〟を使う余裕がなく、剣を立てて受ける。

羽根だけあってか、それほどの衝撃はなかった。ＨＰも予想より減っていない。

仲間のＨＰも確認する。テトはうまく防御できたのか微減。メリナが二割弱、ココルが一割ほど減っている。どうやら全員、攻撃範囲に入ってしまっていたようだ。しかしそこまでのダメージではない。

「天使らしいブレスですね」

ココルの範囲治癒《エリアヒール》によって、全員のＨＰが上限まで回復する。

「でも、大したことなさそうでよかったです」

「だな」

天使が再び、急降下攻撃のモーションをとる。

俺はそれを見据えながら呟く。

「そろそろ、こちらも反撃していい頃合いか」

天使が接近とともにメイスを振るってくる。

俺はそれを、大きく跳んで避けた。そのまま距離を空ける。

本来ならば、反撃のために距離を詰めなければならないところだったが……、

「私の番ね」

次の瞬間、メリナの闇属性魔法が飛んだ。

黒い影の塊のような球体が、天使の胴体にもろにぶち当たる。

『〜〜――……！』

呪文にも似た不思議な言葉とともに、セラフィムが激しく仰け反り《ノックバック》する。

「あら……かなり効いたみたいね」

メリナが意外そうに言う。

「ダメージが蓄積していたのかもしれないけど……もしかしたら属性耐性が低いのかしら」

「属性かー。どうしようかな」

テトが迷うように言う。

「一応属性付きの投げナイフもあるんだけど、威力がかなり低いんだよね」

「じゃあ、やっぱりメリナの魔法に頼る方がいいな」

「あっ、攻撃パターンが変わりそうですよ」

ココルが、上空の天使を指さして言った。

『―～―～……～―』

天使が翼を羽ばたかせ、その周囲に光の粒子が舞い散る。

言葉はまったくわからないが、どうやら怒っている様子だった。

「ん……？　なんだ？」

直後、俺は眉をひそめた。

セラフィムの背後に――光の輪のようなものが現れたのだ。

天使のような白ではなく、その光は黒みがかっている。

光輪は数度瞬いたかと思うと……突然強い光を放ってきた。

「うわっ！」

「な、なんですかっ？」

全員がうろたえる。

光はすぐに止んだ。衝撃などはなく、ダメージを受けた感覚もない。本当に、ただの光だったようだ。

それでも念のためにＨＰを確認し……俺は再び眉をひそめる。

「なんだ？　バフ……か？」

「ま、また変なバフ付いてますよ！」

ココルが焦ったように声を上げた。

黒いマークの右下に、〝＋〟の意匠が描かれたアイコン。それが、全員に付いている。

選択し、名称を確認する。

――《闇属性付与》。

「さっきのブレス、また来るわよ！」

メリナの声に、俺ははっとして天使を見上げる。

セラフィムは再び、六枚の翼を広げていた。

羽根の嵐が襲いかかってくる。ココルとメリナが範囲外に退避する中、俺は今度こそ〝パリィ〟による防御を試みる。

成功した……はずだった。だが。

――HPは、先ほどよりも大きく削られていた。

「なっ……！」

驚いている暇もなく、セラフィムが急降下してくる。

新たな攻撃パターンである、メイスの三連撃。初見だったが、かろうじてすべて受けられた。しかし。

HPを見れば、ぞっとするほどの量が減っている。

「アルヴィン！　やばいよ！」

セラフィムの急襲を大きく避けながら、テトが叫ぶ。

「これ弱点属性突かれてる！」

その言葉に、俺はようやく気づいた。

先ほどかけられたバフ、《闇属性付与》の意味を。

「そうか……」

セラフィムは全身が白い。これは明らかに、光属性を示している。

闇と光は、互いが互いの弱点属性だ。そして弱点属性を突いた場合、そのダメージは二倍になるというルールがある。

つまり……、

「俺たちは今、闇属性という扱いになっていて……」

「あいつの攻撃力は、実質さっきまでの倍ってこと!!」

セラフィムが地を這うように飛び、メイスによる広範囲の薙ぎ払い攻撃を行う。

俺もテトも防御スキルで防いだが、少なくない量の貫通ダメージを喰らってしまう。

一応このくらいなら、なんとか持ちこたえられなくもない。

だが被ダメージが大幅に増えたせいで、ココルが治癒《ヒール》を使う回数も確実に増えてしまうだろう。

ヘイト管理が崩壊しないか、微妙なところだ。回復職《ヒーラー》にターゲットが移ってしまうような事態は避けなければならないが、しかしこのままでは……、

「大丈夫です！」

その時。俺たちのステータス画面に、新たなアイコンが点灯した。

――――《光耐性》。

「ダメージ半分とまではいきませんけど、それで少しはマシになります！」

「っ！　属性耐性バフか！　助かった、ココル！」

属性耐性バフは、各属性のダメージを三割ほど減じるバフだ。これならかなり戦いやすくなる。

メイスの振り下ろしを〝パリィ〟で受ける。貫通ダメージは、やはり先ほどよりもずっと小さい。

セラフィムが滞空したまま、羽根ブレスのモーションをとった。

だが次の瞬間。

「そうやって止まってくれると、魔法が当てやすいのよねっ」

闇属性魔法の黒弾が飛び、セラフィムに直撃した。

前回と同じように、激しく仰け反り《ノックバック》する。

メリナが息を吐いて言う。

「ブレスは魔法で抑えられそうね。これならじきに最後の攻撃パターンに…………えっ」

メリナが、急に言葉を止めた。

天使に異変が起こっていたのだ。

その白い体が、黒く染まっていく。服もメイスも、肌も髪も、翼に至るまで。

俺は呆然と呟く。

「属性が、変わった……？」

直後、背後に再びあの光輪が出現する。

その色は……本体とは対照的な、輝くような純白だった。

それを見て、俺は攻撃パターンの意図を悟る。

「まずい……っ！」

光輪から、強烈な光が放たれる。

それが止むやいなや、俺はすぐにステータスを確認した。

先ほど付与された黒いアイコンは、消えていた。代わりに、黒が白になっただけの同じ意匠のアイコンが、新たに追加されている。

名称を見るまでもない——これは、《光属性付与》のバフだ。

天使が黒い翼を広げる。

「っ！　ブレスが来るぞ！」

言い切る前に、メリナの魔法が飛んでいた。先ほどと同じ、闇属性の黒弾。

それは黒い天使の正面にぶち当たるが……今度はモーションが止まることはない。

「あっ……」

メリナが、失敗を悟ったかのように声を上げた。

闇は、闇に対する耐性属性だ。ダメージは半分になる。いくらメリナのレベルと【闇属性強化】

スキルがあったとしても、仰け反《ノックバック》りを引けるほどじゃない。

そして――――、

「っ、ダメだ！　ココル！」

「は、はい！」

直後、黒い羽根の嵐が襲いかかってきた。

〝パリィ〟を使ったものの、やはり大幅にＨＰが削られてしまう。

闇と光は、互いが互いの弱点属性だ。光属性を加えられた俺たちに、闇属性となったセラフィムの攻撃は二倍となる。

属性が変わった今、《光耐性》バフももはや意味がない。

魔法を撃ったせいで退避が間に合わなかったメリナに至っては、今の一撃で残り六割となってしまっていた。

だが次の瞬間、それが九割近くにまで回復する。

「と、とりあえずこれで大丈夫だと思います！」

ココルの治癒《ヒール》だった。

大ダメージのブレスを喰らってしまう前提で、退避しながら呪文を唱えていたのだ。

「ごめんなさい、属性が変わった可能性は考えていたのだけど……」

メリナが悔しそうに言う。

「とっさに呪文を切り替えられなかった。私のミスね……」

「っていうかこいつ、属性変わるとかっ」

セラフィムの急降下攻撃を避けながら、テトが言う。

「天使のくせに、闇属性になるなよなー！」

俺はようやく、この攻撃パターンの本質に思い至った。

光輪からの光によって、敵を自分の弱点属性に変える。そして自分自身は、おそらく敵から受けた攻撃の、耐性属性へと変わる。それを繰り返すのだ。

まだ仮説の域を出ない。単に相手の攻撃と同じ属性になるか、あるいは光と闇が時間経過で切り替わるだけなのかもしれないが……一番面倒なパターンを想定しておいた方がいいだろう。

「ア、アルヴィンさん……」

「どうするっ、アルヴィン！」

俺はわずかに思案した後、ココルに問いかける。

「ココル、二つの属性耐性バフは維持できるか？」

「っ、大丈夫です！　それくらいの余裕はあります！」

「よし」

俺は決断する。

「メリナ、これまでどおり弱点属性を突き続けてくれ」

「わ、わかったわ」

「ココルは、《闇耐性》と《光耐性》バフの維持を頼む」

「は、はい！」

二人がうなずく。

これでセラフィムは今後、光と闇が交互に切り替わり続けることになるだろう。メリナとココルにいくらか負担がかかることになるが、二人なら十分対応できるはずだ。

その後、戦闘はおおむね想定通りに進んだ。

セラフィムは、やはり属性攻撃を受けるたびに自身の属性を変えるようで、魔法を喰らうごとに光から闇、闇から光に変化する。

その変化にメリナはきっちり対応し、弱点属性となる魔法を当てていった。

ココルもさすがの上手さで、既存のバフや治癒《ヒール》をこなしながら、《光耐性》《闇耐性》両方のバフを維持し続ける。

そして、何度目かの仰け反り《ノックバック》を引けた時。

『――～――……――～！』

空中でセラフィムが、またいらだたしげに何事かを喋った。

光の粒子を撒き散らしながら翼を羽ばたかせるその姿を見て、俺は呟く。

「……攻撃パターンが変わるな」

これまでの四天王と同じだとすれば、この三つ目が最後の攻撃パターンだ。

その時、天使に異変が起こる。

属性変更による、色の変化。だがその色は、白でも黒でもなく――――赤だった。

俺は目を見開く。

「なっ……」

光輪が出現する。

その色は案の定、氷属性を示す水色。

「まずい……っ！」

光が放たれる。

新たに付与されたのは、水色のアイコン。おそらく、《氷属性付与》のバフだ。

直後、火属性の赤い羽根の嵐が襲いかかってきた。

メリナとココルは退避できたものの、防御スキルを使ったはずの俺とテトは、弱点属性を突かれたせいで少なくない貫通ダメージを受けてしまう。

「こ、今度は火属性ですかっ!?」

「っ……仕方ないわね」

メリナが険しい表情で言う。

「光属性魔法で、一度属性を戻すわ。そうすれば……」

言いかけたその時、再び天使の姿に変化が起こった。

全身が、今度は鮮やかな黄色へと変わり始める。

メリナが目を見開いた。

「こ、今度は雷属性!?　しかもまだ攻撃してないのに……っ」

案の定、現れた光輪は水属性を示す青色だった。

新たに《水属性付与》がぶち込まれた俺たちに、雷属性の黄色い羽根の嵐が襲いかかる。

「っ、なんだよこれーっ！　ずるいでしょ！」

ＨＰを大きく減らしながら、ブレスをしのいだテトが叫ぶ。

「全属性ランダムで変化するのっ？　属性耐性バフ使えないじゃん！」

その通りだった。

いくらココルでも、すべての属性耐性バフは維持できない。

幸い、セラフィムの属性変化はそこで止まった。黄色く染まったメイスを掲げ、再び急降下攻撃を仕掛けてくる。

「と、とりあえず《雷耐性》を……」

「待って、ココル！」

俺へメイスを振り下ろした天使に、光弾がぶち当たる。

ただし、ずいぶんと小さい。久しぶりに目にしたが、それは光属性の中でも最下級の魔法だった。

おそらく、大したダメージは与えられなかっただろう。

だが、セラフィムはその攻撃にもきっちり対応してきた。全身が白に変化していく。

「おおっ」

続く横薙ぎを〝パリィ〟で受ける。

貫通ダメージが少ない。本体が光属性に変化したために、《光耐性》バフが効いているのだ。

「助かった、メリナ！」

「どういたしまして！　でも、あんまり期待しないでね！」

「わかってる！」

メリナにそう叫び返す。

詠唱が早い下級魔法で、セラフィムを常に狙った属性に変える。一見有効そうだが、実はそうでもない。

まず、ＭＰ消費が格段に増える。ヘイトも稼ぎやすい。属性変更の方を優先して高威力魔法を控えるようになってしまえば、長期戦になってこちらが苦しくなる。

魔法は、そういう小手先の工夫には使いにくいのだ。

だが、攻略の方針としては合っている気がする。何か、魔法の代わりになるものは……、

「――――っ！」

その時、俺は思い出した。

「テト!!」

「えっ、な、何!?」

天使を注視していたテトが、驚いたように返事をする。

「属性付きの投げナイフで一番残数があるのはなんだっ？」

「な、なんでもそこそこあるけど……あ、そういうこと？」

俺の意図に気づいたらしいテトが、にやりと笑って言う。

「光がおすすめかな。今ちょうど耐性バフ付いてるし、そこから弱点突いても闇に変わるだけだからね」

「光があるなら助かるな。メリナ！」

「……わかったわ。私は闇属性だけ唱えてればいいわね」

同じく理解したらしいメリナがうなずく。

ココルだけが混乱したように目を白黒させる。

「え、何？　なんですかっ？」

「ココルは最低限、《光耐性》バフだけは維持してくれ。来るぞっ！」

宙に浮かぶセラフィムの色が、また変わり始める。

今度は青色、水属性だ。当然、光輪の色は弱点属性となる火属性の赤。

それを眺めながら、テトが迷うように呟く。

「ええと、バフをもらってからの方がいいのかな……」

光が放たれ、《火属性付与》のアイコンが点灯した。

火属性となった俺たちに向け、青い翼が広げられる。

「今っ！」

その時、テトが一本の白い投剣を放った。

それは青い天使の膝のあたりに命中する。

一瞬の後――天使の色が白に変わった。

それとほぼ同時に、白い羽根の嵐が放たれる。

「っと！」

光属性となった羽根を、〝パリィ〟で防ぐ。

《光耐性》バフのおかげで、貫通ダメージはごくわずかだ。今の俺たちは火属性なので、そもそも弱点属性すら突かれていない。

天使の色が再び変化し始める。次は風属性を示す緑。

だが直後、テトが放った白い投剣によって、再びセラフィムは光属性に変えられてしまう。

そして。

「今度はさせないわよ」

メリナの闇属性魔法が、白い天使に直撃した。

弱点属性を突かれた天使に激しい仰け反り《ノックバック》が発生し、羽根ブレスが中断される。
魔法に反応し闇属性へと変わっていく天使を見上げ、俺は笑みを浮かべた。

「よし、いいぞ。これでいい」

俺の考えた攻略法は、魔法の代わりに属性付きの投げナイフによって、天使の属性をコントロールするというものだった。

セラフィムは、属性攻撃を受けることで自身の属性を変化させる。

魔法は連発しにくい。だが、テトの投剣ならば別だ。残数がある限りＭＰを消費せずに使え、ヘイトを稼いでしまっても前衛のテトならば対応しやすい。

タイミングを見て光属性の投げナイフを放ち、天使の属性を常に光に固定する。そうするだけで、二番目の攻撃パターンよりもずっと簡単になる。

もう弱点属性を突かれることはない。属性耐性バフの恩恵にもあずかれるうえに、セラフィムへは闇属性魔法で弱点属性を突き放題だ。

「思ったんだけどさぁ」

滞空し、全身を土属性の茶色へと変化させ始めた天使を見上げながら、テトが言う。

「こうするとどうなるんだろっ！」

セラフィムに向け投剣を放つ。

だが、その色は黒だった。

疑問に思う間もなく、闇属性の投剣を受けたセラフィムが、耐性である闇属性に変化し始める。

直後、光輪が出現した。その色は無論、闇属性が弱点を突ける、光属性を示す白。

俺は気づく。

「……あ」

「あー、そういうこと……」

「テトさん、えげつないこと考えますね……」

皆が呆れ気味に言っている間に、光輪が光を放った。

付与されたバフは——無論、《光属性付与》だ。

「そんで、こうっ！」

テトが今度は、白の投剣を投擲する。

喰らったセラフィムは、当然光属性の白に変わる。

直後に、白の羽根ブレスが放たれるが……もうわざわざ〝パリィ〟を使うまでもなかった。

剣を立てて受ける。それだけで、ダメージはほぼゼロになる。

光に対し、同じ光は耐性属性だ。ダメージは半分になる。しかも、《光耐性》バフまで付いているとなればもう……。

「やったー！　計算どおり！」

喜ぶテトを見て、俺は思わず苦笑した。

「まったく、よくやるよ……。相手にわざわざ耐性になる属性のバフをかけさせるなんて」

そこからの戦闘は、一方的なものとなってしまった。

《光属性付与》と《光耐性》バフのおかげで、セラフィムから受けるダメージはほぼ三分の一だ。

もはや防御を気にする必要もない。

最低限のヘイト管理だけしつつ、滅茶苦茶に攻撃を叩き込んでいく。

そして。

「あっ、ごめんなさい！　ちょっとずれたわ」

メリナの闇属性魔法が、本体の中心から外れ、片側に並ぶ三枚の翼に命中する。

『――～!!』

それだけで翼へのダメージが閾値《いきち》に達したのか、天使がバランスを崩して地に落ちた。

石床の上でもがく白い巨体を、俺は見据える。

翼へのダメージでは属性変更が発動しないのか、天使は光属性のままだ。

「いや……お手柄だ」

地を蹴った。

ＡＧＩ《敏捷》の限界まで加速し、剣を引き絞る。

そして――――起き上がりかけた天使の首元に、渾身《こんしん》の〝強撃〟を叩き込んだ。

『―～……～～―……』

セラフィムが何事かを呻く。

六枚の翼が、ゆっくりと散り始めた。

俺はおもむろに剣を引き抜き、一つ息を吐いた。

おそらく、もう終わりだろう。

『────どこまで足掻くか、人間よ……よもや、この我を倒すとは……』

部屋に、再びあの声が響き渡る。

『魔王は、この先で待つ。行け、人間よ……そして、地獄の底で知るがいい』

終わりの演出が続く。

最後の四天王の台詞は、これまでとは少しだけ様子が違っていた。

『もはや希望など、どこにも残されていないことを』

そうして────白い天使は、壮大なエフェクトとともに砕け散った。

＊＊

「ふぅー、勝ちましたね！」

終わるやいなや、ココルがはしゃいだように声を上げた。

「一時はちょっとひやっとしましたけど！」

「本当にね」

メリナがやれやれと笑いながら言う。

「今までの四天王で一番強かったんじゃないかしら」

「今回はスキルの相性がよかったわけでもないから、まともに戦うことになっちゃったしねー」

テトがにっと笑って続ける。

「順番的に、そろそろアルヴィンの【ドロップ率減少・特】が役立つかと思ったんだけど」

「いやそんなわけないだろう」

俺は微妙な表情で答える。

「俺の【ドロップ率減少・特】はココルのおかげで発動していないんだぞ。それに、これまでみんなのマイナススキルが役立ったのもただの偶然じゃないか」

世の中、そんな都合のいいことばかり続くわけもない。

「そうですよっ。だいたい、【ミイラ盗り】でケルベロスのデバフが無効になったのも、半分はアルヴィンさんのおかげみたいなものじゃないですか」

「今回はアルヴィンがアイディアを出してくれたおかげで楽に勝てたんだから、それでいいじゃない」

「まーねー。……でも、終盤はボクも活躍したでしょ？」

「あれはやり過ぎです」

「ちょっと、天使がかわいそうになったくらいだったわね……」

「俺もさすがにあそこまでは考えていなかったな……」

属性を狙ったものに変えさせるところまでは、おそらく正規の攻略法だったんだろうが……まさか向こうも、属性変更バフまでいいように利用されるとは想定していなかっただろう。

まあそのおかげで、終盤はものすごく楽になったのだが。

「でも、普通に強い敵でしたよね」

ココルがぽつりと言う。

「わたしはレベルがレベルなので、たぶんなんとかなりましたけど……毎回弱点属性にされてダメージ二倍になってたら、普通は回復が追いつかないです。テトさんみたいに、属性付き投げナイフを都合よく持っている人も、そんなにいないでしょうし……」

「いや。今思えば、攻略法はいくつかあった気がするな」

俺は、セラフィムとの戦闘を思い出しながら説明する。

「とにかく、天使の属性をある程度固定できればかなり楽になるんだ。だから、たとえば前衛が属性付きの武器を使う手もある」

属性が付いた剣など珍しくもなく、どこの武器屋にも一本は置いてある。

さらに、たいていの前衛は予備の武器を持ち歩くものだ。俺も二本ストレージに入れてあるが、そのうちの一本にはそういえば火属性が付いていた。

「あとは、弓手がいればもっと楽かもな。高レベルの弓手はだいたい各属性矢をストレージに入れているものだから、テトとメリナの役割を一人でやることもできる」

「へー。なるほどねー」

「言われてみると、けっこう攻略のしようはあったのね」

「ああ。まあ、どうしても相性が悪いパーティーは……出直して来いってことなんだろうな」

そう言って、俺は背後で開け放たれたままになっていた扉をちらと振り返る。

ここに限らず、四天王の部屋はどれも撤退不可ではなかった。

というか、撤退不可の中ボスというのは普通ない。相性が悪ければ、装備やパーティー編成を見直して再挑戦。それがダンジョンの基本だ。

ギミック付きのボス部屋などはその例外だが、そういうのはだいたい、うまく戦えばどんなパーティーでも勝てる難易度に設定されているものだった。

ダンジョンは、バランスがとれているものだから。

「いよいよ次は魔王かー」

テトが感慨深そうに言う。

「どんなやつかなぁ」

「じゃあ、また予想してみる？」

「えー、さすがに当てられる気しないよ」

テトとメリナがそんなことを話す。

俺はふと、ココルが静かなことに気づいた。

見ると、視線を下に向け、何か考え込んでいる様子だ。

「……ココル？」

俺は声をかける。

「どうかしたのか？」

「あ……いえ。ちょっと四天王のこと、思い出してまして」

「思い出すって、何を？」

「なんか……おかしくなかったですか？　今までの演出」

ココルが、内心の疑惑を吐露するように言った。

テトとメリナもこちらに気づいて言う。

「おかしかったって何が？　まあ、全部おかしかったといえばおかしかったけどさ」

「何か気になることでもあるの？　ココル」

「はい。……喋ってなかった、ですよね？」

「え……？」

「四天王全員……戦闘中は、誰も」

疑問に眉をひそめる俺たちへ、ココルが説明を始める。

「ケルベロスはガウガウ、バフォメットはコホーとか言ってただけですし、フライロードに至ってはブンブン羽音を立ててただけです。今回のセラフィムなんて……」

「……喋ってはいたが……何か、呪文みたいな言葉だったな」

思えば確かに、どの四天王も戦闘中は俺たちにわかる言語を話していなかった。

言葉が理解できたのは、始まりと終わりの演出の時だけだ。

「あの演出は……本当に、四天王が喋っていた内容だったんでしょうか？」

「な、なんだか気味が悪くなってきたわね」

表情を引きつらせ、メリナが言う。

「でも……だとしたら、それってどういう設定なのかしら？」

「うーん……やっぱり、災厄は四天王が引き起こしたわけじゃないってことなんじゃない？」

難しい顔をしたテトが言う。

「そんな大それたことをした割には、弱いしさ……。それに、倒しても災厄は収まらないんでしょ？　じゃあ、そういうことなんじゃない？　四天王は全員、実はただのモンスターに過ぎなくて……」

「すべての災厄は、魔王一人が引き起こしてるってことか？」

俺が言うと、テトがうなずく。

「うん。そういうことだと思うけどなー。テキストにもそんな感じのこと書いてあったじゃん。魔王がすべての不幸の根源だって」

「……それが正解に思えてきたわね。魔王に会ったら種明かしがされるのかしら？」

「ぜひしてもらいたいですね……このままじゃさすがにもやもやします！」

三人が盛り上がる。

そんな中、俺はまだ考えていた。

本当に……黒幕は魔王なんだろうか？

賭け事で負けすぎて気が変になっていた時、俺はこんな風にも思っていた。誰かがイカサマをし、俺を陥《おとしい》れているのではないか……と。

冷静に考えれば、そんなわけがないことがわかる。それ以外の理由で、俺の負けは簡単に説明がついてしまうからだ。

胴元が勝つ仕組みを理解していなかった無知。単純な技術の不足。そしてそれらを覆せるほどの、強運を持ち合わせていなかったこと。

つまるところ巨大な不幸とは、小さな偶然や必然の積み重ねだ。悪い何者かが単独で引き起こしているわけじゃない。イカサマ師をどれだけ探したところで、俺の負けは返ってこないのと同じことだ。

諸悪の根源など、本当に存在するのだろうか。

実は魔王もまた――――ただのモンスターに過ぎないのだとしたら？

しかしそうなると、四天王を騙《かた》っていた演出の声は、一体何者なのか……。

「アルヴィン。ほらもう行こうよ」

テトの声にはっとすると、皆部屋の奥へと進みながら俺を振り返っているところだった。

「あ、ああ」

あわてて返事をしながら、俺は思い直す。

考えすぎか。所詮はこのダンジョンだけの設定に過ぎないのだ。ここにだけ、諸悪の根源がいてもおかしくはない。

部屋の最奥には、これまでと同じように一枚の扉があった。

入ってきたときのものよりずっと小さい、次の階層へ向かうための扉だ。

ただ……今回のそれは、これまでのものとは少しデザインが違った。

「あれ、何か書いてあるよ」

扉を間近で見たテトが、ふと気づいたように言った。

「テキストみたい」

皆で近寄って、それを読む。


〝物事には必ず、終わりが来る――――…………

＊＊

「……次はいよいよ魔王、か」

天使の散った部屋で、俺は呟いた。

最後の四天王である天使型モンスターは、なかなかの強敵だった。

攻撃力も耐久も、中規模ダンジョンのボスレベルに高い。特に最後の攻撃パターンにあったランダム属性変更からの二連ブレスは、ライザの回復も間に合わずポーションに頼らざるを得ないほどだった。

VIT《耐久》の高いゴルグはともかく、スキルによる防御ができない俺にとって、弱点属性の二倍ダメージはとても受けきれるものじゃない。

撤退を考え始めた時、状況を打開したのはレダンだった。

受けた攻撃の耐性属性に変化する敵の性質を利用して、光属性矢を使ってセラフィムを光属性に固定し始めたのだ。

こうなると、《光耐性》バフさえあればすべての攻撃が三割減になる。またピケも闇属性さえ撃っていれば弱点を突けるようになるので、俺たちは格段に戦いやすくなった。

結局キルもとってしまったので、いいところは全部あいつに持っていかれた形だ。

「矢をよこせ、ヒューゴ」

振り返ると、レダンがいた。こちらに手を伸ばしている。

俺はストレージから矢の束を取り出すと、レダンに差し出してやる。

「ほらよ。今回はごくろーさん」

「もっとだ」

矢束を受け取りながら、レダンは愛想の欠片もない口調で言った。

「手持ちの属性矢とポーションが減ったために、ストレージに余裕ができた。状態異常矢も含めてあるだけよこせ」

「……。ああ、いいぜ」

言われたとおり、俺は預かっていた残りすべての矢を取り出すと、でかい束となったそれらをまとめて渡す。

レダンはそれを、そのままストレージに放り込んでいた。

一気に容量が空いた自分のストレージを眺めながら、俺は呟く。

「……なんつーか、すっきりしたな。お前の矢が俺のストレージから消えるなんていつぶりだ……？　ってかお前、【運搬上限上昇】スキルがほしかったとか前にぼそっと言ってたけどよ、そんなもん持ってたところで弓手じゃこんなに運べねーからな。俺に感謝しとけよ」

「ふん……今回貴様は、いいところがまるでなかったな」

俺の言ったことを完全に無視し、レダンが言った。

【剣術】スキルを持っていれば、羽根も〝パリィ〟でしのげたものを。【耐久上昇】でも【属性耐性】でも【体術】でもあれば違った。実質スキルなしの貴様にとっては、荷が重い相手だったな」

「……かもな」

俺はステータスに目を向けたまま返す。

ストレージ画面から一つ戻ったそこには、俺の持つスキルの一覧が表示されていた。

【残心】。載っているスキルはそれだけだ。実質、空欄と変わらない。

武器スキルを発動した後に一定時間の無敵状態が発生するこのスキルは、武器スキルを持っていない俺では一生発動することができないのだから。

ステータス画面を閉じて言う。

「ま、しょうがねぇよ。生まれ持ったスキルは変えられねぇ。これが俺の限界ってことなんだろうよ」

「……そうだな」

レダンが、俺から目を逸らして言う。

「この程度の到達点が、貴様には似合いだ。冒険者の限界は……やはり結局のところ、持っているスキルが決めてしまうということなのだろうな」

「……。だから、やめるってか？」

俺が問うと、レダンが静かに答える。

「以前にも言った通りだ。オレには、【運搬上限上昇】が必要だった」

「それ、矢の話か？　だから、それ以上の量を今までも俺が持ってただろうが……」

「そうだ。だがオレにとっては、それでも足りなかった。さらなる深層へ向かうためには、な」

レダンが続ける。

「出現モンスターのレベルが上がれば矢を射《う》つ回数も増す。〝月雨〟に頼る機会も増えるだろう。今の数でもなお足りない。だからこそ――貴様が持ったうえで、オレもさらに持つ。それが理想だった」

俺は黙って、相棒の独白を聴く。

「ゴルグには持たせられん。重戦士職は、その高い運搬上限のほとんどを重量級の武器で埋めてこそ真価が発揮される。ＳＴＲ《筋力》の低いライザやピケは言うまでもない。かと言って、運搬のためだけに冒険者を引き入れるなどもってのほかだ。だからオレには、【運搬上限上昇】が必要だった。それが、オレの弓手としての理想だったからだ」

「……」

「だが、そうではなかった。だから――ここが、オレの限界なのだろう」

「……。そうかよ」

俺はただ、そう短く返しただけだった。

ほかに何を言ったところで無駄だと感じたからだ。

こいつが、俺の言葉程度で考えを変えることは決してないだろうから。

「……っし。じゃあそろそろ行くぞ。諸悪の根源が俺たちを待ってるからな」

そう言って、他のパーティーメンバーに声をかけようと部屋を見渡すが、どこにもいない。

不思議に思って振り返ると、いた。どうやら残りの三人は、すでに部屋の最奥にある扉の前に集まっていたようだった。

ただ、何やら三人して扉をじっと眺めている。

「何やってんだ？」

後ろから声をかけると、ライザがこちらを振り向いて答える。

「あ、ヒューゴ。なんだかね、扉にテキストが書かれているみたいなの～」

「テキスト？」

「ボスへ続く扉に書かれているくらいだから、もしかしたら重要なんじゃないかって、みんなで眺めていたのよ～」

俺は、扉に近寄ってそのテキストを読む。


〝物事には必ず、終わりが来る〟

〝永遠に思えるものも、それは決して永遠ではない〟

〝苦しみの時も、戦い続ける日々も、いずれは終末を迎え、穏やかな原初の頃へと還るのだ〟

〝我らはやり直せる〟

〝これまでの経験を踏まえ、また新たに〟

〝行け、勇者たちよ〟

〝魔王はこの先にいる〟

〝奴を倒し、世界を救うのだ〟


「……くだらねぇ」

俺は吐き捨てた。

「こんなもんが重要なわけねぇだろ。これまでと同じ、それっぽい雰囲気出すだけのしょうもねぇテキストだよ」

無性にイライラした。

なぜだか、説教をされている気分だった。

物事に終わりがあることなど知っている。

永遠などないことも十分わかっている。

こんな妙なダンジョンのクソのようなテキストに、言われるまでもない。

わかっていても、俺には今しか考えられないのだ。

こいつらとの最後の冒険である、今のことしか。

――先のことなんて、知るか。

「開けるぞ」

仲間の返答を待たずに、俺は扉に触れようとする。

その時――目の前に、半透明のウインドウが出現した。

＊＊

「……これまでと同じようなテキストだな」

扉のテキストを読み終えた俺は、そう呟いた。

メリナもうなずいて言う。

「そうね。災厄に見舞われた苦難の時も、魔王を倒せば終わるって意味でしょうね」

「ああ。攻略のヒントでもなさそうだ」

こんなところに書いてあるから少々身構えたが、やはり雰囲気づけのためのテキストだろう。

ただ、その一方で――――何も関係ないにもかかわらず、俺はなんとなくシェイドとフォスの話を思い出していた。

「……まあ、いいか。じゃあ、開けるぞ？」

皆を向いて言う。

メリナはうなずいていたが、ココルとテトはなぜか無反応だった。

何か考え事をしているようにも見える。

「あれ、どうした？」

俺が問いかけると、二人ははっとしたように答える。

「あ、いえ……なんでもないです」

「ごめんごめんぼーっとしてた。いいよー、開けちゃって」

「そうか？　わかった」

少々不思議に思いながらも、俺は扉に触れようとする。

その時だった。

「ん!?」

突然目の前にウインドウが現れ、俺は驚き固まった。

微妙に背景の透過したそれは、ステータスのウインドウに少し似ている。ただ、表示されているのは一つのシンプルなメッセージだけだ。

これは……、

「えっ、ダイアログメッセージ!?」

後ろでメリナが、驚いたように言った。

テトとココルもそれに続く。

「こんなところで？　うわぁ、やっぱ変なダンジョン！」

「なんて書いてあるんですか？　アルヴィンさん」

三人が、俺の後ろからダイアログウインドウを覗き込む。

それは雰囲気づけの思わせぶりな原典《フレーバー・テキスト》とはまるで対照的な、無機質にも思える問いだった。

『この先、報酬はありません。進みますか？　　はい／いいえ』

＊＊

『この先、報酬はありません。進みますか？　　はい／いいえ』

俺は反射的に伸ばしかけた指を止めた。

このダイアログが意味するものは、シンプルな事実だった。

魔王を倒しても、得るものが何もないということ。

冒険者がダンジョンへ潜るのは、報酬を得るためだ。

こんなダイアログを出されてなお先へ進もうとする者など、よほどの冒険馬鹿か、そうでなければここのテキストを本気で信じて世界を救おうとしている間抜けくらいなものだろう。

だが……、

「早く押せ。ヒューゴ」

後ろで、レダンが言った。

「こんなところで立ち止まるな」

俺は振り返った。

仲間たちは皆、真剣な表情でこちらを見ていた。

並ぶ顔には、楽観も恐れもない。ただ、この冒険の先を求める切実さだけがあった。

「……ああ」

俺は、再び指を伸ばす。

俺たちの今をもう少しだけ続けるため――『はい』へと触れた。

＊＊

「……これ、どういうこと？」

　メッセージの内容を読んだテトが、訝しげに言った。

「魔王を倒しても、アイテムが落ちないってこと？　普通にありえないけど……でも、今までもそうだったじゃん。ダイアログ出るの遅くない？」

「いや……そうじゃない」

　俺はダイアログウインドウを見つめながら、テトに答える。

「報酬という言葉は、他のダンジョンでもまれに使われることがある。ドロップアイテムやコインもその一部なんだが……それに加えて、経験値も含まれるんだ」

「……はい？」

「今までの四天王は、ドロップアイテムこそないものの倒した時点で経験値は入っていただろう？　魔王の場合、それすらもないってことだろうな」

「えええ、何それ……」

「じゃあ……魔王を倒しても、何も得るものはないってことですか」

ココルの言葉に、俺はうなずく。

こんなダイアログは前代未聞だが、普通に解釈すればそうなってしまう。

「ちょっと信じがたいけれど……わざわざこうして了解をとってくるくらいなのだから、そうなのでしょうね」

若干呆れたように、メリナが言う。

「で、どうする？　アルヴィン」

「……」

俺は考える。

冒険者がダンジョンへ潜るのは、報酬を得るためだ。それが見込めないモンスターを倒したところで、なんの意味もない。

ここのテキストを真に受け、本気で世界を救おうとでもしていない限り、普通は引き返すだろう。

しかし……、

「うーん……ここまで来ると、やっぱりどうしても気になるな。魔王がどんなやつなのか」

「……わかります」

ココルがうんうんとうなずいて言う。

「ここで引き返す気には、ちょっとなれないですよね……。せめて顔を拝みたいですし、できれば倒したいです。演出も見てみたいですし」

「なんか悔しいんだけど……正直、ボクも同じ気持ちかな」

テトが微妙な表情をしながらも同意する。

「今引き返したら、ここまで四天王を倒してきたのがバカみたいじゃん。いろいろ謎も残ってるしさぁ」

「じゃあ、決まりでいいんじゃないかしら」

仕方なさそうに笑って、メリナが言う。

「私も気になるもの。行きましょう、アルヴィン」

「……そうだな」

俺は指を伸ばす。

やはり、皆も思いは同じであるようだった。

――魔王に挑まずに、この冒険は終われない。

「行こう」

指先が『はい』へと触れた。

扉が開き始める。

魔王は、その胸の半ばまでを氷の外へ露わにしていた。
その頭に三つの顔があるのを見て、
わたしがどれほど驚いたことか。
それぞれの顔の下には、巨大な翼が二枚ずつ、
計六枚生えていた。
それらが羽ばたくことで、三つの風が魔王から生まれていた。
嘆きの川がことごとく凍り付いているのも、このためだった。
(ダンテ『神曲』地獄篇)

The Dragon of the Apocalypse

〝魔王〟

The Dragon of the Apocalypse

扉の先は、これまでとは違い螺《ら》旋《せん》階段となっていた。

それも、かなり長い。これまで移動に使ってきた階段の、何倍もの長さがある。中心に支柱はなく巨大な空洞となっていたが、薄暗いせいで下までは見通せなかった。

下っていくにつれ、内装はどんどんみすぼらしくなっていった。

階段の石材は不揃いになっていき、やがては岩を削り出したようなものに変わってしまう。壁も同様で、レンガ壁がいつの間にかただの岩壁になっていた。

しかも、変化はそれだけではなかった。

「……寒いな」

腕をさすりながら、俺は思わず呟く。

下へ向かうにしたがって、ダンジョンの空気はどんどん冷えているようだった。

いい加減我慢できなくなってきたところで、全員で耐寒ポーションを飲む。

氷属性が中心となるようなダンジョンでは必須のアイテムだが、念のため持ってきておいてよかった。

俺たちは、その後もひたすらに階段を降りていき――――やがて、下へと到達した。

そこには、ひらけた空間と巨大な扉、それからセーフポイントがあった。

あるものだけ挙げれば、これまでとそう変わらない。ただ、その様相は大きく違っていた。

もう、ほとんど洞窟だった。見えるのは岩肌に、天井から垂れる鍾乳石《しょうにゅうせき》、地面から立ち上がる石筍《せきじゅん》、そういったものばかりだ。扉までも岩でできている。

一つ上の階層まで、居城系ダンジョンの内装をしていたとは思えないほどだった。まるで第一層に戻ったかのような気分になる。

ただ序盤の階層と違うのは、ところどころに凍り付いた水たまりがあることだった。耐寒ポーションが必要なことからもわかるとおり、氷属性の要素がある階層らしい。

ひょっとすると、魔王も氷属性なのかもしれない。

いろいろ考察したいことはあったが、階段を降りて少し疲れていた俺たちは、まずは素直にセーフポイントで休むことにした。

＊＊

「……ねぇ、ココル」

セーフポイントで小休止をとって、しばらく経った時。

テトがふと、ココルの名前を呼んだ。

「なんですか？　テトさん」

「あの時……何考えてたの？」

「あの時？」

「ほら、扉のテキストを読んでた時さ。何か考え事してたでしょ？」

「あー。大したことじゃないんですけど……ちょっと、聖典の解釈を思い出してまして」

　メリナが気になったように顔を向ける。

「聖典の解釈？　神学論ってやつかしら」

「そういう風にも呼ばれますね。聖典の記述をどう読み取るかって、実は人によってけっこう意見が分かれるものなんです。妥当だなぁって思えるのもあれば、なかなか攻めた解釈もあったりして、おもしろいんですけど」

　ココルが続ける。

「その中の一つに……聖典に書かれていることは、全部本当にあったことだ、っていうものがあるんです」

「全部って、戦争とか、そういうものがか？」

　俺が思わず訊ねると、ココルはうなずいて答える。

「はい。他にも疫病とか飢餓とか内乱とか、とてつもない洪水とかが起こってたくさんの人が死んだとか、そういうことも全部」

「ええ、だが……」

実際にそのようなことが起こったなんて話は、一度も聞いたことがない。

いずれも、聖典の中だけに描かれる荒唐無稽な出来事。一般的には誰もがそのような認識だ。

「その解釈では、この世界は何度もやり直されていることになっているんです」

「やり直されて……？」

「悲惨な出来事が起こって、この世界がもうどうしようもなくなってしまった時、神様が全部元に戻してくれるのだとか。そこで暮らしていた人たちは当然いなくなってしまうんですけど、かつてあった世界の出来事が忘れられることのないよう、神様が聖典という形でわたしたちに残してくれている……ということらしいです」

「……」

「扉のテキストに、それらしいことが書いてあったじゃないですか。『原初の頃へと還る』とか、『やり直せる』とか。四天王のモチーフにも聖典らしいところがあったので……なんとなく、学生時代に聞いたその話を思い出してました」

　ココルが笑って付け加える。

「まあその解釈、全然主流じゃないんですけどね。あのテキストだって、このダンジョンがそういう要素をモチーフにしてるってだけなんだと思います」

「……。その可能性は、あるだろうが……」

ダンジョンが何をどういったルールでモチーフとするのかは、まったくわかっていない。
あまり支持されていない聖典の解釈なんてものも、モチーフとすることがあるのだろうか？

「なかなか興味深い話ね。箱庭仮説なんてものもあるくらいだし、その解釈も意外と馬鹿にできないかもしれないわ」

感心したように言ったメリナが、それからテトへ顔を向ける。

「で、あなたは何を考えていたの？　テト」

「え？」

難しい顔でココルの話を聞いていたテトが、呆《ほう》けたようにメリナを見た。

メリナは当然のように言う。

「ぼーっとしてたのはあなたも一緒だったじゃない。同じ事を考えていたのかもしれないと思ったから、ココルに訊いたんでしょ？　違ったんでしょうけど」

「あー……まあね」

テトが気まずそうに答える。

「ボクは聖典の解釈とか、そんな話じゃなくてさ……店長が、そういえば似たようなこと言ってたなーって」

「店長って、武器屋のか？」

テトが店長と言う時は、だいたいよく通っている武器屋の店長のことを指している。

二階に弓手の少女ユーリが部屋を借りていてたまに店番をしており、今では俺もよく行く店だ。店長は強面《こわもて》のじいさんで少々近寄りがたいのだが、買い取り価格が良心的で品揃えもいいので、多くの冒険者が重宝しているらしい。

テトがうなずいて言う。

「うん。店長、若い頃に冒険者を引退して武器屋を始めたみたいなんだけど、そのせいかボクにもよくやめた後のことを考えとけって説教してくるんだよね。『物事には終わりが来る』とか、『冒険が永遠とは思うな』とかさ。正直、鬱陶《うっとう》しかったんだけど……」

天井を仰いで、テトがぽつりと言う。

「……あの扉に書いてあることを見たら、やっぱりそういうもんなのかなーって思えてきて」

「……」

俺は無言のまま、頭の中でテトの話を反芻《はんすう》する。

実はあの時、俺も似たような話を思い出していた。

メンバーが冒険者をやめると言っていた、シェイドとフォスの話を。

「そうね」

メリナが相づちを打つように言う。

「正しいと思うわ。冒険者には命の危険があるのだし、早くにやめられるのなら、やめてしまう方がいいのかもしれないわね」

「……シェイドさんとフォスさんも、パーティーメンバーが引退するって言ってましたもんね」

ココルが静かに言う。

「店長さんと同じように、若い内の引退ってことなんでしょうけど……」

「どちらも、トップ層のパーティーだからな」

それくらいの金を貯めることは十分できる。

トップ層のパーティーともなれば、それだけ稼げるのだ。

「……ボクさ、引退したら武器屋をやろうかなーって思ってるんだよね」

その時、テトがぽつりと言った。

「武器、けっこう好きだし。店長みたいに店を持てたらなって」

「あら。あなた経営なんてできるの？」

メリナが若干おもしろがったように問うと、テトはそのままの調子で答える。

「その辺、たぶん頼めば店長が教えてくれると思う……。算術も、実は店長に習ったんだ」

「そうだったのか……」

俺は得心がいった。

冒険者をやるにあたって、算術は必須だ。四則演算に加え、分数や負の数、確率の概念などを理解していなければ、バフやアイテムの効果がわからない。

いいところの生まれであるココルとメリナはおそらく元からできたのだろうし、俺は生まれの村で元冒険者のじいさんから教わったのだが、テトの場合は例の店長が教師代わりだったのだろう。

「そういえば、アイテムの相場とかすごく詳しいものね」

メリナがふと笑って言った。

「それなら私は……引退したら旦那探しでもしようかしら」

「ええっ、メリナさん結婚する気あったんですか!?」

衝撃を受けたような顔でココルが言うと、メリナがわずかに眉をひそめて答える。

「なくはないわよ。そんなに驚くところ？」

「だって……確か結婚相手を見つけるのが嫌で、魔法学園を飛び出したんですよね？」

「間違ってはいないけどね。でも結婚が嫌というよりは、どちらかといえば持参金を家に頼ることに気が引けたのよ」

メリナが思い出すように言う。

「私の家は下級貴族で、あまり裕福とは言えなかったから。しかも、私の上には三人も姉がいて……持参金の工面に毎回苦労する両親を見てたら、私は遠慮しておこう、って思っちゃったのよね。でも、自分で持参金を用意できるようになるなら、結婚相手探しも悪くはないわ」

「持参金を用意、っていうくらいだから貴族狙い？　元冒険者なんて需要あるの？」

「それが意外とあるのよ」

テトの疑問に、メリナは真面目な口調で答える。

「貴族社会ってけっこうな魔境だから、元冒険者くらい肝が据わっている方がいいのかもしれないわね。もちろん、家柄も必要だけど」

「へぇー……」

「……。それなら、わたしは……」

ココルが静かに言う。

「神学校に戻るのもいい……かもしれないです。引退したら、ですけど」

「学費、自分で出せるようになったから？」

メリナの問いに、ココルがうなずく。

「はい。算術は苦手でしたけど、それ以外の勉強は嫌いじゃなかったですし。それに……父と母が、安心するかなぁって」

ココルが言う。

「前にも言ったと思うんですけど、わたしの家は商家で、在学中に経営が傾いちゃったんです。学費の用意が難しくなってしまったせいで、神学校は退学せざるを得なくて。まあ、今はもう大丈夫なんですけど……両親はわたしが今冒険者をしていること、かなり申し訳なく思ってるみたいなんです。別に、こっちは楽しくやってるからいいんですけどね。でも……やっぱりちゃんと、学校を出てまともなところで働いてほしかったんだと思います」

ココルがぽつぽつと続ける。

「だから、あらためて神学校を卒業して聖職者の資格を得られたなら、きっと喜ぶと思うんですよ。わたしも、次の生活のあてができますし」

「そうか……」

ココルは冒険者の神官らしく、あまり信心深いとは言えない。

ただココルのいる教会には、なんとなく人が集まりそうな気がした。

俺は小さく笑って言う。

「いいんじゃないか。冒険者から聖職者になるやつは珍しいが、そういうのも全然ありだ」

「アルヴィンは？」

テトが訊ねてくる。

「引退した後のこと、何か考えてるの？」

「……。俺は……」

なんとなく、思いつくままに答える。

「……運搬屋にでもなるか。堅実だし、たまに生まれの村へ顔を出せるようにもなるからな」

アイテムをストレージに収納して他の街へ運ぶ運搬屋は、引退した冒険者の定番の職業だった。

ステータスが高いほど運搬上限も高くなるので、運搬屋にはレベルを上げきった元冒険者のような人間が一番向いている。重戦士や騎士、僧兵に剣士といったＳＴＲ《筋力》の上がりやすい職業であったなら、さらに適任だ。

元手もあまりかからず、特別な技術や知識も必要ない。商品はストレージに収納するので、荷を狙われることもない。

少なくとも、冒険者でいるよりは穏やかな日々を送れることだろう。

しかし……、

「兄貴や両親がどうしているか、帰れるなら一度帰って確かめたい。それに……他の街へ行ってみるのも、いいかもしれないな」

自分がそんなことをしている姿は、うまく想像できなかった。

ただ、そちらを選ぶこともできるのだ。

不意に、微妙な沈黙が訪れる。

きっと皆、気づいたのだろう。

トップ層のパーティーの仲間入りを果たし、大金を稼げるようになった俺たちは――その気になればすぐにでも、冒険者を引退してしまえることに。

このまま冒険者稼業を続けるのか、それとも新たな道を歩むのか。

ダイアログメッセージこそ出ないが、選択肢は常に提示されていた。

＊＊

　魔王城最下層。

　岩と少々の氷しかないこの階層の、唯一の扉の前に俺たちは立っていた。

　岩でできていると思われた巨大な扉は、近くで見ると、無数の人体の彫刻が岩肌を模したように彫られていることがわかる。

　気味の悪いデザインだが、そんなことはどうでもいい。

「えー、お前ら」

　俺は、ろくでなしどもを振り返って言う。

「今回はいい感じに進んでいるな。大したミスもないし、帰ろうと言い出すやつもいなければアイテムを切らすやつもいない。珍しくいい感じだ。いや最近は珍しくもないか？　あー……」

　こうしてリーダーめいたことを言ってみることは、たまにあった。

　いつもは無難なことを話すだけなのだが……今回は、言いながら何か違うと感じる。

「……俺はな、ずっと胃が痛かったよ」

　まるで独り言のように、俺は言う。

「このパーティーは厄介者どもの吹きだまりだ。こだわりが強すぎて協調性の欠片もないやつやら、金遣いが荒すぎて金銭問題を起こすやつやら、飲み屋で喧嘩するやつやら、生活能力皆無なやつやら……よくもこんな連中が集まったもんだ。俺がこれまでどれだけ苦労したと思ってる。冒険者なんてやめてやると、何度思ったかわからねぇ」

　俺は息を吐く。

「まあ、だが……」

　そして、目を伏せて付け加える。

「……そう悪くなかったよ」

　短い沈黙を、声が破った。

「くだらん」

　レダンが目を閉じ、どうでもよさそうに言う。

「実質スキルなしの貴様には似合いの役割だった。むしろオレがあの日、誘いに乗ってやったことに感謝するがいい」

「……長いようで、短かったわね～」

　ライザが、眉尻を下げた笑みとともに言う。

「ほんの少し前まで、これがずっと続くものだと思っていたのだけど……」

「世話になったのぉ、ヒューゴ」

　ゴルグがにっと笑って言う。

「じゃが、まだ魔王が残っとる。油断するなよ」

「……」

ピケだけは、黙ってうつむいたままだった。

俺はろくでなしの仲間たちを見回した後、ふと笑って言う。

「よし……じゃあ行くか。最後にぱーっと、世界を救いに」

俺は踵を返し、扉に向き直る。

そして、地獄のような意匠でかたどられたそれを、強く押した。

＊＊

ステータス画面の現在地欄には、魔王城十七層と表示されていた。

別におかしなことはない。一つ上の階層が十六層だったのだから、ダンジョンのルールとしては当たり前だ。

しかし、あれだけ階段を下ったのにもかかわらず一層しか移動していないことには、いくらか違和感を覚えてしまう。感覚的には二十三、四層くらいの気分だった。

「……まあいいか」

俺はステータス画面から目を離し、ボス部屋の扉を見据える。

厳めしい装いのそれは、一見岩でできているように思える。ただよく見ると、その表面には無数の人体に似た彫刻が彫り込まれていた。

なんとも不気味なデザインだが、魔王の居所としてはふさわしいと言えるかもしれない。

この先に待つのは、間違いなく強敵だ。

本来十七層といえば中層の中でもまだ浅い方で、こんなところにいるボスなど普通は大したことない。

だが、魔王城の難易度に一般的なダンジョンの尺度は当てはまらないのだ。

「よし……それじゃあ用意はいいか、みんな」

俺が皆を振り返って問いかけると、三人がうなずいた。

「ぜんぜんオッケー。楽しみだなー、魔王。どんなやつなんだろう？」

「なんといっても、倒したら世界が救われるわけですからね……思えばここまで、だいぶもったいぶられた気がします！」

「ええと、入ったら扉の近くで待機して、閉まり始めたら一度脱出するのよね？」

「ああ」

メリナの質問にうなずく。そういう取り決めにしていた。

もしも撤退不可のボス部屋なら、無理して挑まない。なにせ報酬が手に入らないのだ。さすがに好奇心だけでそこまでの危険は冒せない。

その時は、ダンジョンを出た後でシェイドやフォスに声をかけ、人が集まりそうなら大規模パーティーを組んで攻略すればいいと考えていた。意外と他の冒険者たちもこの奇妙なダンジョンに興味を持つかもしれない。

俺は言う。

「仮に脱出可能なボス部屋だったなら、そのまま魔王に挑もう。ただ、その場合でも油断は禁物だ。脱出可能だからと言って、脱出できるとは限らないからな」

攻撃パターンによっては、『記憶の地図』を使うどころか後退さえままならないこともある。情報のない相手には、決して気を抜けない。

「わかってるってー」

「常識ですからね！」

「今までだってそうしてきたでしょ」

俺は苦笑する。

皆軽く言っているが、俺に言われるまでもなく当然わかっていたことだろう。

それに実際のところ、俺自身もそこまで心配していなかった。

「それじゃあもしもの時は……臨機応変に行くか」

俺たちには、それができる。

苦境さえ、覆せる自信があった。

振り返り、巨大な扉に手を触れる。

それを、強く押した。

「……」

ズズズズ、という鈍い音とともに、魔王の待つ部屋への入り口が開き始めた。

俺たちは無言で足を踏み入れる。

一層冷たい空気が、肌に触れた。

目に飛び込んできた光景に、俺はわずかに目を瞠《みは》る。

「これは……」

「……地底湖、ですか？」

すぐ近くで、ココルが呟いた。

そのボス部屋は、広かった。ゴツゴツした岩ばかりの荒涼とした景色が、ダンジョン一階層分はあろうかというほど広がっている。

部屋の手前にあったような石筍はところどころに見られるが、天井の鍾乳石はない。というより天井自体がなく、代わりに暗い闇が満ちている。

部屋の中心には、広大な湖があった。

そのすべてが凍り付いており、湖面からは氷像のようなものがぽつぽつと突き出ているのが見える。

そして――――中心にうずくまっている、巨大な黒い影も。

「……閉まらない、みたいね」

メリナの声に、俺は振り返る。

扉は開いたままだった。ストレージを開いて『記憶の地図』のステータスを確認するも、使用不可にはなっていない。

ということは少なくとも、撤退不可のボス部屋ではないようだ。

俺は短い沈黙の後、意思を込めて言う。

「行こう」

部屋の中心に向かい、俺たちは再び歩き始める。

氷の湖面にたどり着く頃には、そこにうずくまる影の正体もわかった。

「これ、もしかして……ドラゴン？」

テトが巨大な影を見て、気圧《けお》されたかのように言う。

蜥蜴《とかげ》にも似た体に翼と角を備え、黒く厳めしい鱗《うろこ》に覆われたそれは、確かにドラゴンのように見えた。

「……本物のドラゴンを相手にするのは、さすがに初めてだな」

言いながら、表情が強ばるのを感じる。

プチドラにグラトンといった竜属性の小型モンスターや、ドラゴン型の石像やアンデッドなどとは戦ったことがあるものの、本物はこれまで目にしたことすらもなかった。

　俺に限らず、ほとんどの冒険者がそうだろう。

　普通、ドラゴンはこんな浅い階層になど出てこない。そして、倒されることすらもない。大規模ダンジョンの最深部に潜み、時折命知らずの盗賊や斥候が部屋を覗いて情報を持ち帰る程度の、ほとんど伝説的な存在だからだ。

　これまでにドラゴンが倒されたことなど、おそらくは数えるほどしかないだろう。

「湖の氷像は、全部人間みたいです」

　ココルが、湖面から突き出た像を難しい表情で眺めながら言う。

「……ただ、どれも苦しそうな顔です。ちょっと気味が悪いですね」

「湖の氷だけど……これ、ギミックとしての氷床じゃないわね。氷っぽく見えるだけの、普通の床みたい」

　岸辺で氷の湖面を覗き込んでいたメリナが、顔を上げて言う。

「よかったわね、アルヴィン。このまま乗っても、魔王まで滑っていくことはないわよ」

「……ふっ」

　その言葉に、俺は小さく吹き出してしまった。

　確かに、そうなったら最悪だ。むしろ向こうも気まずいだろう。

俺は湖の中心にうずくまる、黒い竜を見据える。

演出は、まだ始まらない。まるで勇気ある者が、一歩踏み出すのを待っているかのように。

「ああ、ツいてる」

言いながら、氷の湖に足を踏み入れる。

「妙なギミックなんて、やっぱりない方がありがたいからな」

湖面に両足を乗せた——その時。

地鳴りのような低い声が、氷上に響き渡った。

『——罪人ノ体ハ、ソノ罪ノ分ダケ重イ』

同時に、ミシミシという音が辺りに響く。

ドラゴンの体を覆う氷が、軋んでいるようだった。

『ダカラコソ、堕《オ》チテクル。重力ニ引カレ、地殻ヲ破リ、溶岩ヲ潜《クグ》ッテ、コノ地獄ノ底マデ』

氷の割れ砕ける音とともに、黒い竜がゆっくりと体を起こした。

ようやく、そいつの全身が明らかになる。

蜥蜴のような体に翼の生えたシルエットは、紛れもなくドラゴンのものだ。しかし……それはどこか、これまでの四天王を合わせたような姿をしていた。

セラフィムのような六枚の翼。頭にはバフォメットのものと同じ拗《ねじ》くれた角が生えている。体はフライロードと同じ闇属性の黒を示しており、体の各所にはケルベロスに似た色の青白い氷を纏っていた。

魔王城のボスとして、ふさわしい姿に思える。

ただその一方で、俺はこちらを見下ろすドラゴンの言動に違和感を覚えていた。

『我ノ下《モト》マデ堕《オ》チテクルノハ、裏切リノ罪ヲ犯シタ者ノミ。人間ヨ、何ヲ裏切ッタ。期待カ、信頼カ、愛カ、アルイハ――――自《ミズカ》ラノ心カ』

「何を……言ってるんでしょう？」

ココルが困惑したように言う。

「罪がどうとかって……災厄の話はどこへいったんですか？」

同じことを、俺も考えていた。

演出だけを見るなら、いかにもそれらしい言動だ。ただ、これまでの流れに関係があるとは思えない。まるで別のダンジョンのボスであるかのようだ。

『ドレデモ変ワラヌ。ココデノ罰ハ、タダ一ツノミ――――』

「……とりあえず、倒してみるしかないでしょうね」

メリナが杖を構えてそう言うと、テトもナイフを回しながら言う。

「ま、ここまで来て、冒険者にできることなんてそれしかないもんね」

そう。それもまた事実だった。

違和感を押さえ込んで、俺も剣を抜く。

『――冷タク凍リ付キ、我ノ顎《アギト》ニ食《ハ》マレナガラ、永遠ノ苦痛ヲ味ワウノダ』

ドラゴンが二本の後ろ肢《あし》で立ち上がり、六枚の黒い翼を大きく広げた。

その上方に、一つの文字列が表示される。

〈ダークロード・ザ・ルートオブイービル〉

モンスター名に、四天王のような固有名はないようだった。多少珍しい形ではあるものの、思いのほか普通の名前だ。

違和感が再び膨れ上がる。

こいつは――本当に魔王なのか？

＊＊

戦闘が始まった。

その直後――ドラゴンの全身が、黒い影に変わる。

「っ、何か来るぞ！」

影はグネグネと動き、形を変え始めた。

それはやがて、三つの頭を持つ犬の姿をとる。

「ケルベロスっ……？」

黒い影のケルベロスが唸り声を上げた。

その両端の頭の口元に、黒いエフェクトがちらつき始める。

「まずいっ、ブレスだ！」

『ゴォウッ!!』

次の瞬間、闇色のブレスが二つの頭から吐き出された。

左右から薙ぎ払うように放たれたそれを、メリナとココルはとっさに後退して回避。俺とテトは防御スキルで防ぐ。

氷属性ではないためか、足元が氷床に変わることはない。

だが、中央の頭のモーションが速かった。ほとんど避けようのないタイミングで、三発目のブレスが吐き出される。

暗黒の吐息に全身が包まれる――――だが、それは俺にもテトにも、なんの効果もおよぼさなかった。

「もうそれ、一回見てるんですよっ」

ブレスを喰らう直前、俺のステータス画面に一つのアイコンが点灯していた。

髑髏《ドクロ》マークにバツ印がつき、盾の意匠が添えられたそれは、《毒耐性》バフのアイコン。

「さすがに上手いな、ココル」

言いながら、俺は〝踏み込み斬〟を発動。AGI《敏捷》の数値以上の速度で距離が詰まり、ブレス後の隙を見せるケルベロスへ剣が振り下ろされる。

だが――――次の瞬間、三頭犬が宙に飛び上がった。

剣が虚しく空を斬り、氷の湖面に叩きつけられる。

「なっ……」

俺は目を見開いて、湖面を飛び立った影を見上げた。

それはすでに、ケルベロスの姿をしていなかった。

グネグネとうごめきながら形を変えたそれは、今や盾と馬上槍を携えた巨大な蠅の姿をとっている。

フライロードに酷似していたが、影でできているせいか漆黒とも呼べる色になっていた。

『ブヴゥゥンッ!!』

フライロードが急降下とともに、馬上槍を構えた突進を開始した。

狙いは、バフを使ったココル。

「っ……！」

「おおっとぉっ！」

そこに、テトが割り込んだ。

【短剣術】による防御で、馬上槍を受け流す。

ほっとしたのも束の間、フライロードが再び影となって崩れた。

次に形作られたのは、波打つ剣を持った巨大なデーモン、バフォメットだ。

『コォォッ!!』

黒い炎を纏った剣が、地を這うように二人へと振るわれる。

だが、今度は俺が間に合った。巨剣を正面から受け止めると、隙のできたバフォメットの足元へすかさず〝強撃〟を叩き込む。

初めてダメージの入った影が、再び崩れ、また宙へ浮かぶ。

「た、助かりました、アルヴィンさん」

「いや、こっちも《毒耐性》は助かった。しかしこれで、最初の攻撃パターンはだいたいわかったな」

湖の上空で、セラフィムの姿へと変わった影を見上げながら言う。

四天王の姿になりながら、それぞれが最後に使った攻撃パターンを繰り返す。だいたいそんなところだろう。

一度倒している以上簡単なようにも思えるが、形態変化で細かな隙を消してきており、攻撃力も高くなっている分難易度は上がっている。

だが、俺はわずかな笑みとともに言う。

「ま、いけるだろう」

降下とともに放たれたセラフィムのメイス三連撃を、適切な位置取りで防ぎきる。

テトの投剣が飛ぶと同時に、斬り上げによってダメージを稼ぐ。

地上に落ちた影が、再びケルベロスの形をとった。だが両端の頭が闇でできた剣を形作るより速く、俺は距離を詰め、中央の頭に〝強撃〟を叩き込む。

影が、初めての仰け反り《ノックバック》を見せた。

小さく呟く。

「やっぱり、モーションがわかっているとやりやすいな」

四天王戦とは違い、どの動きも一度見たものなのだ。多少の隙が潰されていようと、攻撃を叩き込むタイミングはずっと見つけやすい。

その後も俺たちは、影の攻撃をいなしながら的確にダメージを与えていった。

俺とテトで十分にヘイトを稼ぎ、メリナの魔法が使えるようになった頃には、展開はさらに一方的なものになっていた。

やがて。

『〜〜――……！』

メリナの光弾によって激しく仰け反り《ノックバック》した漆黒のセラフィムが、影となって崩れた。

これまでのように、すぐ別の四天王の姿をとることはない。バラバラになってあちこちを飛び回ると、最終的に湖上で小さく集まり始める。

　メリナが呟く。

「……攻撃パターンが変わったみたいね」

　影はやがて、一つの姿を形作る。

　それは――人間だった。

「なんだ……？」

　眉をひそめて呟く。

　影でできたその人間は黒一色で、顔もなければ服などのディティールもわからない。

　だが革鎧に似たシルエットや、剣を手にしている様子などから、なんとなく冒険者を模しているようにも見える。

　不意に、影の冒険者が地を蹴った。

「っ！」

　一直線に距離を詰めてくるそいつを見て、俺は思わず後退しながら剣を立てる。

　次の瞬間、振り下ろされた漆黒の剣を受け止めた。

「くっ……！」

　鍔《つば》迫《ぜ》り合《あ》いが始まる。

　剛力とその気迫によって、俺は徐々に押されていく。

スケルトンやリザードマンなど、人間サイズの人型モンスターなど珍しくない。ただいずれも道中に出てくる雑魚で、このように強力なモンスターは見たことがなかった。剣の扱いも人間のそれに近く、まるで別の冒険者を相手しているかのような感覚に陥る。

わずかに恐怖を覚えながら、俺は剣筋を逸らして鍔迫り合いから逃れ、そのまま浅い横薙ぎを放つ。

影の冒険者は、やはりモンスターであるためか避ける素振りも見せなかった。ためらいもなく喰らうと、返しの横薙ぎを放ってくる。

屈むようにして躱す。剣を引き絞り、〝強撃〟のモーションに入る。

このままなら胴に入れられる。仰け反り《ノックバック》まではいかないかもしれないが、いいダメージになるはず。

影の冒険者の胸に向かって、剣先が加速する。

だがそれは――三本目の腕が握る、ナイフによって防がれた。

「は……？」

思わず硬直する。

黒い冒険者の左肩からは、新たな腕が生えていた。

影が後退し、俺から距離を空ける。その右肩から、さらに新たな腕が生えた。その手に握られているのは、今度は投剣。

「アルヴィンっ！」

二本目の右腕が閃き、投剣が放たれる。

だがその直前、冒険者の胴体にテトの〝スタッブ〟が叩き込まれていた。体勢が崩れたおかげで、影の放った黒い投剣は俺を大きく外れて飛んでいく。

「すまんテト、助かった！」

「なんかやばいよこいつっ！」

テトがすかさず影から離れ、距離を置いた。

俺は気づく。

影の冒険者には、五本目の腕が生えていた。その手に握られているのは、魔導士が使うような大きな杖だ。

耳を澄ませば、地鳴りのような重低音の呪文詠唱が聞こえてくる。

『――〜〜―〜』

その杖が、テトに向けられる。

「っ、テト！」

次の瞬間、杖の先から闇色の球体が放たれた。

闇属性魔法によるその攻撃を、テトは転がるようにして避ける。だがわずかに掠《かす》ってしまったようで、ＨＰがいくらか減少していた。

「ずいぶん変なドラゴンねっ」

メリナの光属性魔法が放たれる。

的が小さいにもかかわらず、光弾は冒険者の中心を正確に捉えていた。ぶち当たった光の中で、人影が激しく仰け反り《ノックバック》する。

しかし体勢を戻した影の冒険者は、また新たな腕を生やしていた。

その手に持つのは、神官の装備であるメイス。

「っ……！」

後方でメリナが、息をのむ気配がした。

重低音の呪文詠唱。それが止むと同時に、漆黒の冒険者の周りに緑色のエフェクトが発生する。

「まさか……回復したんですか……？」

ココルが愕然としたように言った。

呪文を唱え、魔法によって攻撃を行うモンスターは珍しくない。味方を回復するモンスターだって存在する。

だがその両方、さらには近接攻撃まで一体でこなすモンスターは、前代未聞だった。

まるで、冒険者パーティーを一人で成立させているかのようだ。

「どうするー、アルヴィン」

影の冒険者を油断なく見据えながら、テトが言う。

「正直、すっごいやりにくいんだけど」

無理もない。人型でこれほど強力なモンスターなど滅多にいないのだ。ボス相手のセオリーだってほとんど通用しない。

だが――テトの言葉を聞いて、ぼんやりとしていた対策が固まった。

「……パーティーを二手に分けよう。俺とココル、テトとメリナだ」

わずかに笑みを浮かべ、皆に告げる。

「挟み撃ちにするぞ」

それだけで、三人は理解したようだった。

「うわ、いいねー！」

「なるほど！　さすがアルヴィンさんです！」

「まったく、よくそんなことすぐに思いつくわね」

テトとメリナが、即座に回り込むようにして走り出す。

そんなことなど意に介さない影の冒険者は、大きく足を踏み出すと、一息のうちに俺に向かって距離を詰めてきた。

【剣術】スキルの一つ、〝踏み込み斬〟にも似た動きで振り下ろされた剣を、俺は正面から受け止める。

攻撃力が高いせいでいくらかＨＰが減少してしまうが、これでいい。

「隙あり、ね」

漆黒の冒険者の背後に、メリナの光弾がぶち当たった。

蓄積ダメージが足りなかったのか、今度は仰け反り《ノックバック》が起こらない。

影の冒険者は即座に振り返り、ヘイトを稼いだメリナを存在しない目で睨む。

そして再び踏み出そうとする瞬間、その正面にテトが立ち塞がった。

「はいはいボクが相手になるよー」

影の冒険者が剣を振りかぶる。

斜めからの斬撃を受け流し、続くナイフの刺突もいなすようにしながら、テトは上手く攻撃を捌いていく。

腕が六本あるとはいえ、近接用の武器は剣とナイフだけだ。大きさも人間と同程度しかないため、テト一人でも十分に前衛として持ちこたえられる。

しかし、やはり攻撃力の高さもあってか徐々に押されているようだった。

それでも問題はない。

「隙だらけだな」

がら空きとなっている影の背に、俺は〝強撃〟を叩き込む。

攻撃に反応した影が、即座に振り返ろうとする。

「なに余所見してんのさっ」

その脇腹に、テトの〝スタッブ〟が続けて叩き込まれた。

蓄積ダメージが閾値を超えたのか、影の冒険者が激しく仰け反り《ノックバック》する。

そこからは、ほとんど一方的だった。

俺を攻撃すれば、後ろからテトとメリナが大火力を叩き込む。反撃しようと振り返れば、その背を俺が撃つ。この繰り返しだ。こんな単純な挟み撃ちに、影の冒険者はまったく対応できていない。

普通、ボスモンスターを挟み撃ちにしてもあまり意味はない。

多くの場合全方向への攻撃手段を持っているし、巨体に激しく動き回られれば位置取りを維持することさえ困難だからだ。むしろ前衛が薄くなる分、陣形が崩壊しやすくなるだけの悪手だとさえ言える。

その一方で冒険者の側は、なんとしても挟み撃ちされることを避けなければならない。

どんな魔法にも武器スキルにも、周囲全方向を攻撃する技はない。パーティーの陣形だって意味がなくなる。一度囲まれれば、敵を倒しきるまでひたすら攻撃を喰らい続けることになってしまう。

だからこそ、ボス戦では取り巻きから倒すのが鉄則とされているのだ。

ならば――ボスモンスターが、冒険者を模しているとすれば。

俺はにやりと笑って呟く。

「自分たちがやられて困ることを、やってやるだけだ」

影の冒険者の腕は、今や八本になっていた。

新たな腕が握るのは、騎士職の槍と盾。防御を固めようとしているのかもしれないが、その程度では意味はない。

テトのナイフをメイスで防いだ影の背へ、俺は刺突を繰り出す。

半身を向けた影がとっさに盾を構えるが、剣先はそれをあっけなく貫通。人型のシルエットが激しい仰け反り《ノックバック》を見せる。

〝斬鉄〟は相手の耐久を半分として計算する技だ。俺ほどのＳＴＲ《筋力》があれば、ボスモンスター相手でも半端なガードは貫いてしまう。

大きな隙を見せる影の冒険者から、しかし俺もテトも距離を空ける。

そして叫ぶ。

「頼んだ、メリナ！」

「了解っ！」

特大の光弾が、影の冒険者にぶち当たった。

人の形が崩れる。影はバラバラになると、再び周囲を飛び回り始める。

一息つきながらその様子を眺めていると、ココルが言った。

「攻撃パターン、また変わりそうですね」

「ああ」

俺はうなずく。

ここまでは順調だ。そしておそらく、これが最後の攻撃パターンだろう。

テトとメリナが合流する頃、影が一箇所に集合し始める。

そうして形作ったのは、初めに見たのと同じ、黒いドラゴンの姿だった。

『妙ダ、妙ダ。ナゼ凍ラヌ。嘆《ナゲ》キノ川ヘ堕チタ亡者ガ、何故ココマデ持チ堪《コタ》エル』

どこか不思議そうに言いながら、漆黒のドラゴンはその六枚の翼を広げた。

羽ばたくことすらもなく、巨体が宙に浮かぶ。

その高みから、まるで見下すように俺たちを睥睨《へいげい》すると、ドラゴンはわずらわしげに言った。

『手間デハアルガ、致《イタ》シ方ナシ――我ガコノ手デ再ビ、亡《ナ》キ者トシテヤロウ』

演出の台詞が終わるやいなや、確信した俺は仲間たちへ叫ぶ。

「よし、最後の攻撃パターンだ！　気を抜かずに行くぞ！」

「はい！」

「わかったわ！」

「オッケー！」

皆の応える声。それと同時に、ドラゴンが急襲してきた。

降下とともに振り下ろされる両前肢を、とっさに転がって避ける。

次の瞬間、俺の代わりに攻撃を受けた氷の床が、激しい音を立てて割れ砕けた。

「っ……！」

水がわずかに噴き上がるが、それも瞬時に凍り付く。

だが、床には放射状のひびが入ったままだ。

「気をつけて、アルヴィン！」

テトが叫ぶ。

「その床、たぶん乗ると嵌まるよ！」

「わかってる！」

あまりにも見た目があからさまだ。テトでなくとも、乗るとまずいことが起こるギミックだということはわかる。

ドラゴンは、今度は尾を振るってきた。モーションがわかりやすかったため、俺もテトも後退してその攻撃範囲から逃れる。

だが――――尾の薙ぎ払いは、その延長上に立っていた氷像をも根こそぎ破壊した。

割れ砕けた氷の破片が、俺たちに襲いかかる。

「くっ……！」

「きゃぁっ！」

思わぬ広範囲攻撃に、全員が被弾してしまう。

それも、少なくないダメージだ。単なる攻撃の余波ではなく、元々これを狙った攻撃パターンなのだろう。

ココルの治癒《ヒール》にてＨＰはすぐに回復するが、俺の背には冷や汗が伝う。

「ステージ破壊系のボスか……」

ダンジョンの地形や構造物を破壊しながら攻撃してくるモンスターが、まれにいる。

その強さも種類も様々で、ほぼ戦闘に関わりのない、エフェクト代わりのようなステージ破壊も珍しくなかったが……このように足場や攻撃範囲に影響してくるものは厄介だった。単純に、考えなければならないことが増える。

だが、やるしかない。

ドラゴンの猛攻をしのいでいく。攻撃パターンは、前肢での床破壊、尾の薙ぎ払い、着地による踏みつけ《ストンプ》からの噛み付きに、旋回しながらの突進。

どれも威力が高く、正面から受けることすらも危うかったが、それでも俺たちはなんとか陣形を保ち続けていた。

攻撃は必ず武器スキルで防御し、被ダメージを最小限に抑える。隙を見つけて反撃し、俺とテトでヘイトを稼いでは、メリナの魔法を叩き込む。ＨＰが減れば、ココルの治癒《ヒール》で回復する。

些細《ささい》なミスがパーティー崩壊に繋がる、神経をすり減らすような戦闘。

だが、これが本来の、冒険者の戦いだった。

久々の緊張感に、感覚が研ぎ澄まされていく。

攻撃パターンに慣れてくる。わずかな隙にも反応し、〝踏み込み斬〟や〝強撃〟を叩き込む余裕が出始める。皆の動きすら、まるで手に取るようにわかるようになっていた。

最適なタイミングでサポートが入る。

今だと思ったときに魔法が飛ぶ。

ＨＰが不安になり始めれば治癒《ヒール》がかけられる。

「……はは」

思わず笑いがこぼれる。

連係は完璧だった。自分が四人いたとしても、ここまで息の合った動きはできないだろう。

最近は余裕のあるダンジョンにばかり潜っていたせいで、忘れていた。

これが、『暁』が持つ本来の実力なのだ。

たとえどんなパーティーから声をかけられようと、移籍するなどありえない――俺たちこそが、最強のパーティーなのだから。

次第にドラゴンを押し始める。

床がどんどん砕かれていくせいで、俺たちは湖の奥へ奥へと戦場を移さざるを得なかったが、それでも与ダメージ量は確実に増えていった。

そうして、三回目の仰け反り《ノックバック》を引いたその時。

「……ん？」

復帰したドラゴンが、これまでになかったモーションをとった。

後ろ肢で立ち上がりながら、首を大きく引き、胸郭を膨らませている。

俺は理解し、すぐに叫んだ。

「ブレスだ！」

即座にメリナとココルが後退。テトと俺はスキルによる防御の態勢に入る。

ドラゴンの姿をしている以上、ブレスの存在は当然予想していた。今さら繰り出してきたところで遅い。

そんなことなど理解しているはずもないモンスターが、大口を開けながら首を突き出した。

『ゴァア――――ッ!!』

一瞬置いて、闇色のブレスが吐き出された。

視界の大部分が黒で覆われ、全身を衝撃が襲う。

そのとき起こった様々な事象に、俺は思わず驚愕した。

まず、ブレスはきっちり〝パリィ〟で防御した。したはずだったのだが……俺のＨＰは、二割近くも減少していた。

簡易ステータスを見る限り、テトもほぼ変わらない。それだけ高威力のブレスなのだ。だがそれだけではない。

ブレスは、なんと後退していたはずのココルとメリナにまで到達していた。

ココルは三割弱、メリナに至っては四割ものＨＰが消失している。ありえないほどの攻撃範囲、そして威力だ。

しかも普通、距離が空けばそれだけブレスの威力は落ちるはずなのだが、減衰したとは思えないほどのダメージが残っている。全員に《闇耐性》や《耐久上昇》バフがかかっていながら、このダメージなのだ。

「っ！　〜――――〜……――――〜……」

ココルが即座に詠唱を開始する。

呪文に詳しくない俺でも、ココルがところどころ詠唱を省略しているのがわかった。

【真言】スキルによる、本来不可能なレベルの超高速詠唱。ミスの元になるからいつもは控えているのだと前に話していたが、そんなことを言っていられる状況ではない。

「アルヴィンっ!!　撤退しよう！」

ドラゴンの床破壊攻撃を捌きながら、テトが叫んだ。

直後、ありえないほどの速度でココルの範囲治癒《エリアヒール》が発動し、全員のＨＰが上限まで回復する。

すでに危機は脱したが、テトは止まらない。

「あのブレスおかしいよ！　威力も範囲も壊れてる！　あんなの喰らい続けてたら、ボクたちはともかくココルとメリナが持たない！　撤退するしかないって！」

その通りだった。

まるで分不相応な階層に来てしまったかのようなダメージ量だ。しかもセオリー通りの立ち回りで防げないとあっては、普通なら大人しく退くべきところだろう。

しかし、そう簡単にもいかない。

割れた氷の床を避けるために、俺たちは湖の奥へと進入してしまっている。そのうえ出口までの間にドラゴンを挟む位置取りとなっているので、撤退には相当な工夫が必要だ。ただ背を見せて逃げればいいわけじゃない。

この強敵相手に、そこまでの余裕があるかは微妙だった。安全に撤退できるかは一種の賭けになる。

そしてもう一つ。

俺たちには、まだ立ち向かえる理由があった。

「アルヴィン！」

「……撤退はしない」

「っ……！」

表情を険しくするテトへ、俺は説明する。

「おそらく一番前にいたからわからなかっただろうが……あのブレスには攻略法がある」

「攻略法……っ？」

「ああ。攻撃を受けた者の後ろには、ブレスが届かない。扇状の安地ができるんだ」

俺は見ていた。

ブレスを防いだテトの背後一帯に、闇に染まらない領域ができていたのを。

「あのブレスは、誰かが盾となることで防げる。まだ逃げ出すには早い」

俺は告げる。

「勝つぞ！　いいな、ココルとメリナも！」

「了解です！」

ココルが大声で応える。

「ブレスの安地は、後ろから見ていてわかりました！　次からは喰らいません！」

「私たちは、盾にはなれないからね」

メリナも応える。

「頼んだわよ！　テト！　アルヴィン！」

「あーもう！　わかったよ！」

テトが頭を掻きむしって言う。

「ここまで来たら、絶対勝つからね！」

戦闘が再開される。

通常攻撃はすでに問題ない。モーションは頭に入っているために、どんな攻撃も安定してしのげるようになっている。

問題は、あのブレス。

ドラゴンが、再び首を引いた。

「っ、来るぞ！　全員俺の後ろに入れ！」

言いながら、ドラゴンへと突進する。

『ゴァア――――ッ!!』

再び、あの超広範囲高威力ブレスが放たれた。

俺はドラゴンの目前で、〝パリィ〟を使ってそれを防ぐ。

ＨＰが一瞬で三割半も減少する。至近距離とはいえ、〝パリィ〟を使ってこれとは、思わずぞっとするほどの威力だ。

だが、今度は――俺以外、誰もＨＰが減っていない。

「おおーっ、すごいです！　ブレスがほとんど消えてましたよ！」

「うわ、安地ができるって本当だったんだ！」

「これならいけそうね」

目論見通りにいったようだった。俺はわずかに笑みを浮かべる。

ブレスを受けた者の背後に、扇状に安地が発生する。ならばドラゴンに近づけば近づくほど、それだけ広範囲の安地を生み出せることになる。

もちろん、その分ダメージも洒落にならないので、ほどほどの位置を見極めなければならないが……。

俺は呟く。

「……攻略の鍵は摑んだな」

それから、俺たちは着実にドラゴンへダメージを刻んでいった。

ブレスも、もはや脅威ではない。俺かテトがスキルで防御し、仲間が退避する安地を作る。盾役が負うダメージは少なくないが、それでも十分持ち堪えられるレベルだ。

優勢なはずの俺たちだったが、それは次第に覆《くつがえ》っていく。

ドラゴンの攻撃が、徐々に激しくなり始めたためだ。

モーションが速くなり、叩きつけや薙ぎ払いが連続攻撃となる。ブレスの回数も増える。これまであったわずかな隙も、前肢や尾の細かな動きで塞がれるようになっていた。

俺たちの手数は次第に減り、逆に治癒《ヒール》のペースだけが増していく。

前衛がダメージを稼げなくなれば、ヘイト管理が崩壊し、回復職《ヒーラー》へ攻撃が向かうようになる。

それは、パーティー崩壊の一歩手前だ。

俺たちは、そうなりつつあった。剣を叩き込める隙はもうほとんど残っていない。テトが辛うじて投剣でダメージを与えているが、それもたかが知れている。一方攻撃の激しさは増しているせいで、治癒《ヒール》には頻繁に頼らなければならなかった。

ヘイト管理は崩壊寸前だ。

だが俺は、この状況に希望を持っていた。

攻撃パターンがあまりに理不尽すぎる。逆に言えば、ドラゴンのＨＰがもうあとわずかしか残されていないのだ。

だから、あと一息で倒せる。

「最後に魔法で決めるわ！」

その時、メリナが叫んだ。

「詠唱が長くなるから、隙を作って！　できればブレスの時！」

「無茶言うなーまったく！」

テトが、どこか楽しげに応える。

「でもりょーかい！」

着地したドラゴンが首を引き、胸郭を大きく膨らませた。

ブレスのモーションも、初めよりずっと速くなっている。

「ほらこっちこっち！」

投剣を放ちつつ、テトが大きく走る。

直近で一番ヘイトを稼いでいたのはテトだ。ドラゴンの頭が小さな盗賊を追っていく。

ブレスが吐き出される直前、テトはわずかに残っていた氷像の一つを駆けのぼった。

【壁走り】のスキルだった。これはほんの数秒ほどの間だが、壁や垂直の構造物をまるで平面のように駆けることができる。

「よっ、と！」

氷像の頂点で、テトが宙返りをするように高く跳んだ。

『ゴァア――――ッ!!』

次の瞬間、闇色のブレスが吐き出される。

俺たちの頭上に、暗黒が満ちた。

跳んだ状態のテトを狙ったために、ブレスが宙へと放たれたのだ。

ブレスは普通、左右方向には広くても、上下方向には極端に狭い。俺たちはブレスの下に入るようなかたちで、攻撃範囲から逃れられていた。テトも器用に空中で防御したのか、ＨＰはそれほど減っていない。

メリナは、すでに詠唱を開始していた。

その詠唱がわずかに遅いことに、俺は気づいた。

メリナの持つスキルの一つに、【完全詠唱】というものがある。これは呪文の判定が完璧であった場合、ＭＰの消費量が少し減り、威力が少し増加するというものだ。

おそらくチャンスは一度と見て、最大限に威力を上げた光属性魔法でとどめを刺すつもりなのだろう。

その判断は、きっと正しい。

しかし――――俺は歯がみする。

この分では、ほんのわずかに間に合わない。

すでにブレスは止んでいた。間もなくドラゴンが動き出す。そうなれば、メリナも魔法を放つ余裕はない。

次の機会を作るべく、剣を構えたその時――――ドラゴンが妙な動きを見せた。

わずかに足踏みして頭を少し下ろすような、ほとんど無意味とも思える動作を、一瞬挟んだのだ。

それは初めて見る動きだった。

「っ……？　まさか……」

遅れて、俺は気づく。

普通ブレスは、床に立つ俺たちに向けて放たれる。

だが今回、空中にいるテトを狙ったために、ドラゴンは頭を上げたイレギュラーな状態でブレスを放ってしまった。

モンスターの攻撃パターンには規則性がある。彼らはその実、決まり切ったモーションしか持たず、そこから外れる動きは決してできない。

だからこそ――――ドラゴンは本来のブレス後の体勢である、頭を下げた状態へ一度移行しなければならなかったのだ。頭を上げたままでは、次のモーションへ移れなかったために。

体勢を戻すために要した時間は、ほんの一瞬。一秒にも満たなかっただろう。

だがそれは俺たちにとって、十分すぎるほどの時間だった。

「どう？　できたでしょ、隙」

やや不格好に着地したテトが、笑みを浮かべて言う。

「じゃ、あとは任せたから」

「――～――～――～…………まったく」

詠唱を終えたメリナが、にやりと笑った。

杖の先に、光属性の白いエフェクトが瞬き出す。

「よくやるわね、本当に」

次の瞬間、特大の光弾が撃ち出された。

メリナの使える最上位の光属性魔法に、【光属性強化】【完全詠唱】、さらにココルの《光強化》バフまで乗った、最大威力の光弾。

それは空を裂くように飛翔すると、黒いドラゴンの正面に直撃する。

『グォ……ッ！』

ドラゴンが、何度目かの仰け反り《ノックバック》を見せた。

攻撃は完璧に成功した。

それにもかかわらず……メリナは愕然と目を見開く。

「……倒せてない！　終わってないわ！」

「わかってる」

氷上で悶《もだ》えるドラゴンを見据える。

テトは体勢を崩しており、メリナの詠唱は間に合わない。

ならば、俺がやるしかない。

「悪い、キルはもらうぞ」

俺は床を蹴った。

ＡＧＩ《敏捷》の限界まで加速していく。

ドラゴンは仰け反り《ノックバック》から回復しつつあった。

今を逃せば、特大のヘイトを稼いでしまったメリナを集中的に狙われ、ほどなくパーティーは崩壊するだろう。

だが――――ここでチャンスを逃すような冒険は、してきていない。

〝踏み込み斬〟を発動。ＡＧＩ《敏捷》の限界を超えた速度で、ドラゴンとの距離が瞬く間に詰まる。

技の動きにしたがって振り下ろされた剣は、わずかにドラゴンへ届かなかった。

だがこれでいい。

「ドラゴンを倒すのは初めてだ」

そのまま、さらに一歩を踏み出す。

流れるような動きで、俺は微かに笑みを浮かべながら、剣を引き絞る。

「――――自慢できるな」

氷の湖面を蹴り、高く跳躍する。

そして――立ち上がりかけたドラゴンの喉元に、渾身の〝強撃〟を叩き込んだ。

『グォォ……』

ドラゴンは、呻き声とともに一瞬動きを止めた。

後ろ肢でフラフラと後退したかと思えば、やがて消耗しきったかのようにうなだれる。

それは明らかに、終わりの演出だった。

『――罪人デハ、ナカッタヨウダナ。人間ヨ――……』

＊＊

「ゴルグ、前に出すぎるなっ！　ピケとライザはもっと後退しろ！　レダンは右だ、氷像のない方へ走れ！」

魔王城、ボス部屋。

そこで俺たちは、死力を尽くして戦っていた。

ヘイト管理はすでに崩壊している。俺とゴルグが攻撃を叩き込む隙はもう残っておらず、ボスモンスターのドラゴンが狙うのは回復職《ヒーラー》であるライザ、それからピケとレダンだ。

ライザに攻撃が集中すればあっという間にパーティーが崩壊するために、ピケとレダンにもヘイトを分散させ、苦境を誤魔化している状態だった。

もちろん、こんなその場しのぎがいつまでも続くわけがない。

四天王や冒険者の姿をとる攻撃パターンは、それほど問題なかった。このドラゴン形態になってからも、序盤はうまくいっていた。

狂い始めたのは、奴があの闇ブレスを吐き始めてからだ。

威力が尋常ではないほど高く、範囲も広すぎる。

ただガードした程度では受け切れたとは言えず、立ち回りによって避けることすらもできない。

ブレスを受けた者の背後に安地が発生することはわかっていたが、盾役の負担があまりに重すぎた。

俺もゴルグも、武器スキルによる防御ができないのだ。

俺は【剣術】スキルを持っておらず、ゴルグの【鎚術】には防御用の技がない。

そのため、半端なガードでブレスを正面から受けざるを得ず、貫通ダメージ回復のためにライザが治癒《ヒール》を唱える頻度は増えていった。

俺が〝パリィ〟を使えれば、どれほどよかっただろう。

ドラゴンの攻撃は、これ以上ないほどに激しさを増している。

ここまで、奴にはかなりのダメージを刻んだ。

もうあと少しなのだ。

あと少しが、届かない。

「っ……!?」

その時、俺は気づいた。

全員のＨＰが減っている。にもかかわらず、いつまで経っても治癒《ヒール》が飛んでこない。

俺は叫ぶ。

「ライザ!!」

「ごめんなさい、ＭＰが切れたわっ！」

返ってきたのは、絶望的な答えだった。

ライザが滅多に見せない、焦った様子で叫ぶ。

「でも、ＭＰ回復ポーションはまだあるわ！　タイミングを見て………あっ」

その時、ライザが呆けたような声を漏らした。

ドラゴンが、氷の湖上に降り立っていた。

その首が引かれ、胸郭が膨らみ始める。

それはすでに、何度も見たモーションだった。

俺は悟る。

――――このブレスは、耐えられない。

「……なんじゃ、ここまでか」

つまらなそうに呟き、ゴルグがハンマーを下ろした。

「なんともあっけないのぉ。冒険者の最期なぞこんなものか」

「悪くはない」

レダンもまた、呟いて弓を下ろす。

「ドラゴンと相対できたのだ。冒険者として本望だ」

「……ごめんなさい」

ライザだけは、悔やむようにうつむいていた。

ピケも思い詰めた表情で、何も言葉を発しない。

俺は、そんな仲間たちの様子を見回す。

そして、いつも浮かべがちだった、皮肉っぽい笑みとともに言う。

「何言ってんだよ、お前ら。やることあるんだろ？　この冒険が終わってからも」

ドラゴンに向き直り、その姿を真正面から捉える。

「無事に帰れよな」

俺は床を蹴った。

鍛え上げたＡＧＩ《敏捷》を頼りに、ドラゴンとの距離をぐんぐんと詰めていく。

「ヒューゴっ!!」

ピケの叫び声が、背中に追いついた。だが止まらない。

ドラゴンが、その顎を大きく開く。

あの闇ブレスは、喰らった者の背後に扇状の安地を形成する。

だから至近距離で受けてしまえば、パーティーメンバーの全員をその攻撃範囲から外すことが可能だ。

たとえ、盾役のＨＰがゼロになるとしても。

「……」

だが――俺はまだ、諦めていなかった。

ずっとずっと、疑問に思っていた。

俺が唯一持つスキル、【残心】。

武器スキルを使った直後に、一定時間の無敵状態を発生させる。

かなり珍しいスキルだ。所有者数だけでなく、その効果も。他のスキルの所有を前提とするスキルは、掛け値なしにこれだけなのだ。

だが……本当にそんなことがあるのだろうか？

ダンジョンはバランスがとれている。

それは、人間が持つスキルにも同じことが言える。

たとえば【弓術】と【MP増強】のような、明らかに嚙み合わないスキル同士を持って生まれる者はいない。

一見そう思える組み合わせでも、すべてを生かせる職種《ジョブ》や装備が、何かしらはあるものなのだ。

ならば——俺はなんなのか。

『ゴアア——ッ!!』

闇色のブレスが吐き出される。

俺は、すでに剣を引き絞っていた。

【剣術】スキルの技は、すべて頭に入っている。

名前も、効果も、習得レベルも——その動きでさえ。

自分にこれさえあればと、これまでに何度も何度も、希《こいねが》ったものであるから。

「……最後なんだ」

記憶の中にある剣士の動きをなぞるように、俺は剣を引き絞る。

「俺にも——この先を見せてくれよッ!!」

叫びとともに、俺は迫り来るブレスに向け、剣を強く突き出した。

それは【剣術】スキルの一つ、〝強撃〟とまったく同じ動きだった。

俺の悪あがきをあざ笑うかのように、視界が闇に覆われる。

いや——覆われていない。

剣先がブレスを切り裂くように、闇の空白地帯を作っていた。

ブレスの特性にしたがい、俺の後ろに安地が形成されているのだ。

「……っ！」

俺はまだ、生きていた。

ＨＰは、わずかにも減っていない。

どれだけ後退しても、ガードしても発生していたダメージが――今はまったくない。

「……ははっ」

ブレスを喰らう寸前。

〝強撃〟の真似事を放った直後。

俺のステータス画面に、バフのアイコンが一つ点灯していた。

人間が仁王立ちし、あらゆる攻撃を跳ね返している図柄のアイコン。

名前は、見なくてもわかった。

――《無敵状態》。

「なんだよ」

俺は呟く。

「もっと早く、試せばよかった」

ブレスが止み、暗黒が晴れる。

俺は再び駆け出した。
もう【剣術】スキルの技を再現する余裕はない。
ただ、型も何もなく剣を振り上げる。
「不格好で悪いな」
ドラゴンの巨大な頭を潜《くぐ》り、さらに踏み込む。
「――これが俺だ」
そして――勢いのままに、黒い竜の胸元を切り裂いた。
わずかなエフェクトが散る。
ダメージとしては、些細なものだっただろう。
だが、それで十分だった。
『グォォ……』
ドラゴンは、呻き声とともに一瞬動きを止めた。
後ろ肢でフラフラと後退したかと思えば、やがて消耗しきったかのようにうなだれる。
『――罪人デハ、ナカッタヨウダナ。人間ヨ……』
ドラゴンが語り始める。
それは明らかに、終わりの演出だった。
『ソレデ、ヨイ……忘レルナ』

漆黒の竜が、俺たちをまっすぐに見据える。

『期待ヲ、信頼ヲ、愛ヲ、心ヲ――裏切ルコトナク、選ブノダ』

そんな意味ありげな言葉を残して――魔王城の主たるドラゴンは、壮大なエフェクトとともに砕け散った。

＊＊

エフェクトが散る中、立ち尽くしていた俺は……気づくと歓声を上げていた。

「うおおおおおっ!!」

自分の声に自分で驚いていると、後ろからさらに大きな声が聞こえてくる。

「アルヴィンさーんっ!!」

「アルヴィンっ!」

「アルヴィィ――ンっ!!」

駆け寄ってきた仲間たちと手を打ち合わせる。

皆、自分以上にはしゃいでいるようだった。

「やりましたね！　やりましたね！」

「本当、紙一重だったわね。こんなに苦戦したの初めてじゃない？」

「ボクたちドラゴン倒しちゃったよ！　やっほーっ！」

「ああ……まだ信じられないくらいだ」

戦いの興奮が冷めやらず、どこか放心したような心地だった。

ドラゴン型のモンスターを倒した。しかも、自分がキルをとっただなんて。

一年前の自分に言っても、絶対に信じなかっただろう。

「いやー、それにしても強かったですね！　セラフィムもそこそこでしたけど、さらに十階層分くらいは差があったんじゃないでしょうか」

「五十層のボス相当か、下手したらそれ以上だったかもしれないわね」

「いいや、六十層はあったね！　だってボクたちが本気出して苦労するくらいだよ？」

「本当に全力だったもんな。パーティーの平均レベルを考えると、それくらいでもおかしくない。あんなに気を張ったのはいつぶりかわからないくらいだ」

ただそのおかげで、このパーティーの実力をあらためて確かめられた。

皆となら、きっとどこまでも先へ進めるだろう。

「そういえばテト、最後のあれは狙ってやったの？」

「ああ、あの上にブレス吐かせるやつ？　そうだよ。ああいう普通じゃまずしないような行動をさせると、挙動がおかしくなるモンスターはたまにいるんだよね。ソロの頃は雑魚モンスター相手によくそれで遊んでたんだ。無限にジャンプし始めるやつとかいておもしろかったよ」

「あなた本当、よくやるわね……」

「あっ、わたし、メリナさんの【完全詠唱】初めて見たかもです。あれってどれくらい威力が上がるんですか？」

「そこまで大した上昇率じゃないわ。20％増くらいだったかしら？　狙って発動させようとすると大変だから、普段は決まったらラッキーくらいの気持ちでいるわね。一応これまでも何度か発動しているのよ？　エフェクトが小さいからすごくわかりにくいけれど」

「初めてと言えば、ココルの【真言】もじゃないか？　あんなに詠唱を端折《はしょ》れるもんなんだな。上位の範囲治癒《エリアヒール》なのに、初心者の治癒《ヒール》くらいの速度で発動してたぞ」

「……へへ。たまに練習していた甲斐がありました。省略しすぎてもダメなので、意外と加減が難しいんですよ、あれ」

「っていうか、アルヴィンのあれずるいよねー。たまにやってるけど、盗賊とか斥候並みの速さで距離詰められるじゃん」

「ああ。〝踏み込み斬〟から〝強撃〟へは、なぜかすぐモーションが繋げられるからな。逆に繋がないなら走った方が速くなるから、純粋な移動には使えないんだが」

　ドラゴン戦の感想を話し合う。

やはり皆、互いの立ち回りが気になっていたようだった。

無理もない。誰もが普段は見せない、限界を見せた戦いだったのだ。

やがて、ココルがうーんっと伸びをして言う。

「はぁー、なんだかやり遂げたって感じがします。これで経験値やドロップアイテムがあれば最高だったんですけどねぇ……」

その言葉に、全員が苦笑する。

「もー、嫌なこと思い出させるなよー」

「わざわざダイアログまで出してくれて、納得ずくでここまで降りてきたんだから、文句は言えないわね」

「そうだな。まあ、おもしろかったからいいじゃないか」

俺はそう言って……ふと、心に引っかかるものがあることに気づいた。

「……だが……結局、テキストの意味はわからずじまいだったな」

「あっ……そう、ですね」

ココルも気づいたような顔になる。

「魔王、だったんですよね？　あのドラゴン……。でも、倒しても何も起こりませんでしたね。世界を救う、すごい演出があるかと思ってたんですが……」

「それどころか、かえって謎が深まったわね」

メリナが付け加えるように言う。

「ドラゴンが喋っていた内容が、これまでのテキストと全然関係なさそうだったこともそうだけど……話し方もまるで違っていたものね。四天王の演出の声とは」

「……ああ」

それは、俺も気になっていたことだった。

聞き取りやすい口調で話していた四天王の声とは違い、ドラゴンの話し方はまるで、動物が無理矢理喋っているかのようなものだった。

魔王が四天王を騙っているという予想は、間違いだったのだろうか？

それなら、あの声の主は誰だったのだろう。

「それよりさー……」

その時、テトが真上の暗闇を見上げながら言った。

「……あのドラゴンって、結局ボスだったのかな？　ボクたち、このダンジョンをクリアできたの？」

「……」

俺も、思わず天を仰いだ。

天井の代わりに満ちる暗闇は、ここへ足を踏み入れたときから何一つ変わっていない。

「……ダンジョンがクリアされれば、そのダンジョンは消滅するが……それまでにはしばらくかかる。確か、一時間くらいか」

「よく考えたら、それまで確認する方法がないのよね。ステータス画面の現在地欄も、ダンジョンが消滅するまでは変化がなかったはずだし」

「普通は、ボスモンスターならそうとわかりますもんね。でも今回は、ちょっと微妙です。ここ、隠し通路から来たわけですし……」

「えー？　もしかして、ここで一時間待たなきゃいけないの？」

「いや、確認する方法は一応あるぞ」

　俺は説明する。

「ダンジョンがクリアされると、モンスターが出現しなくなるだろう？　雑魚モンスターが出る階層まで戻ってみればいい」

「雑魚モンスターが出る階層って……まさか十三層!?　うわー、そっちの方がずっとめんどくさいじゃん！」

「十六層に戻るだけでも一苦労です……」

「あの螺旋階段、すごい長さだったものね……」

　うんざりした様子の皆へ、俺は弁明するように言う。

「いやいや、俺だってもちろん冗談じゃない。だから、『記憶の地図』を使えばいいじゃないか。それで一層の入り口に戻れば、すぐに雑魚モンスターの出るエリアだぞ」

「おお、なるほどです！」

　ココルが一瞬感心したように言うが、しかしそれからすぐに苦笑のような表情になる。

「でも……ちょっともったいないですね。クリアしたかもしれないのに、『記憶の地図』を使っちゃうの」

「ドロップアイテムもなかったしねー」

「手持ちのアイテムもだいぶ使ったから、収支を考えるとちょっとためらわれるわね……」

「結局どっちがいいんだ」

　俺は思わず笑ってしまう。

「まあいい。とりあえず、一度セーフポイントまで戻らないか？　この寒い場所で立ち話をすることもないだろう」

「賛成でーす！」

「そろそろ耐寒ポーションの効果も切れそうだものね」

「ダンジョンが消滅するかはともかく、さすがにその後は一旦街に戻るよね？　はあー、帰ったら何しようかなー」

　そんなことを話しながら、俺たちが湖上を歩き出した――――その時。

　暗闇の天井の中に、眩い光源が生まれた。

＊＊

エフェクトが散る中、俺は放心したまま立ち尽くしていた。

「……」

冒険者の常識を覆すような事実を、発見してしまった。

先ほどの感覚を忘れないよう、俺は虚空に向け、再び剣を引き絞る。

その時だった。

「ヒューゴっ!!」

「ぐえっ」

背中から、小柄な体が抱きついてきた。

腰を痛めそうな衝撃にたたらを踏むが、なんとか転ばずに耐える。

「お前っ、ピケ……」

とっさに出そうになった文句を、俺は止める。

俺の背中に顔面を押しつけるピケは、ぐすぐすとべそをかいているようだった。

俺は腹に回された腕に軽く触れると、落ち着かせるように言う。

「わかったから、いったん離れろ。な？」

小柄な体が背中から離れると、俺は振り返ってピケを見た。

魔導士の少女は、目を赤くした顔でうつむいたまま、俺と視線を合わせようとしない。

「あー、なんだ……」

俺は頭を掻きながら、言葉を選ぶ。

「やったな、ピケ」

「……」

「ドラゴンを倒した。お前が魔法で削ってくれたおかげだ。ヘイト管理も完全にぶっ壊れてた中、みんな本当にがんばったよ」

「……」

「終わったんだ。もう終わった。だから泣くな。な？」

「……うん」

ピケが、目元をごしごしと袖でこする。

「ヒューゴっ」

顔を上げると、ライザが駆け寄ってきていた。

息を切らしながら立ち止まると、俺を安堵と驚きが入り交じったような表情で見つめる。

「よかった、本当に……」

「おいおい……頼むからお前まで泣くなよ？」

「おう。生きとったか、ヒューゴ」

のしのしと大股で歩きながら、ゴルグがやってくる。

その顔には、豪快な笑みが浮かんでいた。

「しぶといのぉ、まさかあの状況で生き残るとは……じゃが、お前さんらしいわい」

「はっ、まあな。俺はそう簡単に諦めねぇ。お前らと違ってな」

「何が起こった？」

唐突に、ぶっきらぼうな声が投げかけられる。

問いを発したのは、ゴルグと一緒にやってきたレダンだった。

「なぜ貴様は生きている。あの状況でブレスを防ぎきることなど不可能だったはずだ。被弾の直前、貴様のステータスに妙なアイコンが点灯していたが……あれはなんだ？」

俺の生還どころか、ボス戦の勝利を喜ぶこともなく、レダンはただ淡々と疑問だけを口にする。

なんとも腹立たしい、木で鼻をくくったような態度だったが……こいつらしいと言えばこいつらしかった。

俺は、まるで些細なことであるかのように答える。

「あー、そんなもんステータス見りゃわかんだろ……って、もう消えてたか」

例のバフのアイコンは、すでにステータス画面から消えていた。

あれだけ強力な効果なのだ、持続時間も短いに決まっている。

「まあ、あれだ……【残心】の効果だな。アイコンはきっと《無敵状態》のやつだ。名前は見てないが、ブレスのダメージも喰らわなかったしな」

「……どういうことだ？」

レダンが眉をひそめる。

「貴様のスキルは、武器スキルがなければ発動できないものだったはずだ」

「それが、実はできたっつーか……」

俺は頭を掻きながら続ける。

「武器スキルの技は……なんつーか、武器スキルなしでも発動できるみたいなんだよ」

「……は？」

「そもそも、特定のスキルを持ってなきゃ発動できないスキルなんておかしいだろ？　だから【残心】を発動させる方法が、絶対なんかあるはずだってずっと思ってたんだが……さっき試しに、【剣術】スキルの〝強撃〟を真似てみたらできた」

「……」

「つまり、そういうことだ。武器スキルっつーのは、実際には特定の効果を発揮するモーションを、ただアシストするだけの効果なんじゃねーのか？　モーションさえ正確にできれば、本当は誰でも武器スキルの技を使えるんだよ」

「……信じられんのぉ」

難しい顔で言ったのは、ゴルグだった。

「そんな話、聞いたこともない。理屈を知ったところで他に実践できる者がいるとも思えん」

「すごいこと見つけちゃったわね～、ヒューゴ。他に知っている冒険者なんて、いないんじゃないかしら～」

ライザも、そう言って頬に手を当てる。

「……貴様がそう考えるのならば、そうなのだろう」

レダンだけは、自分から訊いてきたくせにつまらなそうに言う。

「最後の最後、土壇場になってようやくそれを知るところが貴様らしいがな。もっと早くに見つけていれば、オレたちの負担も減ったものを」

「まあそう言うな。いいじゃねぇか……勝ったんだから」

そう言って、俺は凍り付いた地底湖の景色に目を向ける。

勝利の景色と言うには、ずいぶんと寒々しかったが……それでも、やり遂げた感覚があった。

このパーティーで見る最後の景色としては、悪くない。

「でも結局、このダンジョンのことはよくわからないままだったわね～」

ライザが残念そうに言う。

「魔王を倒せば、何かしらあると思っていたのだけれど……」

「そう言われれば……そうだな」

夢中で気づかなかったが、確かにそれらしい演出はまったくなかった。ドラゴンが最後に喋っていた台詞も、普通のボスモンスターとしてならそう違和感もないが、魔王城の締めとしてはだいぶ物足りない。

「そもそも、あのドラゴンは魔王だったのか？」

レダンが硬い声音で言う。

「演出の台詞の中で、魔王という単語は一度も出てこなかった。それ以前に、根本的な疑問もある……あれは、魔王城のボスだったのか？　オレたちは本当にこのダンジョンをクリアできたのか？」

「……」

俺は思わず沈黙を返してしまう。

そうだと自信を持って言える根拠は、確かに乏しかった。

「……いや、モンスター名の自動表示は、ちゃんとボスモンスター用のデザインになっていたはずだ。それに、あれだけの強さでボスじゃないなんてことありえるか……？」

断言できるほどの確信はない。

魔王城は、それだけ奇妙なダンジョンなのだ。このルートを見つけたのだって、元を正せば偶然に過ぎない。

俺は溜息をついて、思考を打ち切る。

「まあなんだ、とりあえず戻ろうぜ。いつまでもこんな寒々しい場所にいたくねぇよ」

「あの螺旋階段を上るのかと思うと、億劫じゃのぉ」

ゴルグが渋い顔をして言う。

「ボスドロップがあれば、帰還アイテムが落ちたかもしれなんだが……」

「そう言うな。いいじゃねぇか」

実のところ、帰還アイテムなど全員がストレージに入れている。

しかし誰一人として、それを使おうとは言い出さなかった。

これで最後なのだ。魔王城をクリアしていようといまいと、これで。

冒険の終わりを、誰も急ぎたくはなかったのだろう。

「ふふ。戻るまでに、一時間経っちゃいそうね～」

「当然そうなるだろう。別に構わん。それでダンジョンがクリアできたかはっきりする」

「一時間経った時点でクリアされたダンジョンは消滅し、中の冒険者は外に排出されるからのぉ。楽できて助かるわい」

そんなことを話しながら凍った湖面を歩き始めた――――その時。

天を満たす暗闇の中に、眩い光が生まれた。

「っ……!!」

全員が武器を構え、即座に陣形を整える。

そして頭上で白い光を放つ、謎の発光体を注視する。

「なんだよ、ありゃ……モンスターか？」

「馬鹿な、連戦だと……？　ありえない、ドラゴンの後だぞ。いくらなんでも理不尽に過ぎる」

レダンの声音には、言葉とは裏腹に身構えるような響きがあった。

ありえない。そうだ、俺もそう思う。

だが、普通のダンジョンでは起こらないことが起こっているのだ。何事も否定しきれない。

発光体は、少しずつ俺たちの下《もと》へと降下していた。

次第に、その正体が明らかになる。

それは人の形をしていた。波打つ亜麻色の長い髪を垂らし、古風な意匠の白いドレスに身を包んでいる。どうやら、女性のようだ。だがその背格好はずいぶんと大きい。目算で二メートルは超えていそうだった。

その姿を見て、俺はとある存在が頭に浮かぶ。

同時に、ライザが呆然と呟いた。

「――――女神？」

＊＊

「――女神？」

呆気にとられたように、ココルが呟く。

油断なく剣を構える俺の脳裏にも、同じ存在が浮かんでいた。

女神。

子供向けのおとぎ話などでよく描かれる、至高神を擬人化した存在。

光を放つその女性は、まるでそのような姿をしていた。

「……何が起こってんのさ、これ」

警戒を解かないまま、テトが言う。

「わからないわ。でも……モンスターとも、違う気がする」

緊張を纏った声で、メリナが答える。

「もしかして……演出の続き、なのかしら」

女神は少しずつ降下すると、やがて俺たちの前方、やや上の空中で静止する。

あらためて見ると、容姿はほぼ人間だった。

強く光を放っていることと、空中に浮遊していること、あとやたらとでかいところはいくらか人外じみていたが、それ以外は普通の人間と変わらない。

その動向を注意深く見守っていると、やがて女神が薄く目を開け、微笑とともに声を発する。

『よくぞ魔王を倒してくれました、勇者たちよ』

俺は、わずかに剣を下ろす。

少なくとも、戦闘が始まる様子ではなさそうだった。

女神の言葉は続く。

『病を乗り越え、飢えに耐え、争いの疲弊の中で仲間と共に立ち上がり、魔王へ挑んだその勇気はいったいどれほどのものだったでしょう。災厄の根源は滅びました。勇者たちよ、あなた方は成し遂げたのです』

「あれ、この話し方……」

聞こえるかどうかくらいの声量で、ココルが微かに呟いた。

演出は続く。

『これで、世界の救済が可能となりました。あなた方には選択肢が与えられたのです。今の世界を解き放ち、原初の頃の、可能性と希望に満ちたあの時へと還す選択肢が』

「ん……？」

俺は、思わず眉をひそめた。

妙な物言いだった。災厄の根源である魔王は倒したと言っているのに、世界が救われるのはこれからなのか……？

『絶望に満ちてしまった世界は、もはや再帰の救済によってしか希望を取り戻す術《すべ》はありません。悲しいことですが、世界中に散らばってしまった不幸は神《システム》にすら消し去ることはできず、災厄の連鎖はこの先も続くでしょう。だからこそ――』

女神は、わずかにも表情を変えることなく続ける。

『――やり直すのです、すべてを初めから。次の世界こそは、平和で豊かな時が永遠に続くと信じて』

女神が話す内容は、抽象的でよくわからない。

ただ、本題に差し掛かっていることだけは理解できた。

『この世界の出来事は聖典に記し、新たな世界の住民たちへと残しましょう。それが、よりよい世界を作るための礎《いしずえ》となることを願って――さあ、選ぶのです。勇者たちよ』

女神が俺たちへ、手を差し伸べる。

『あなた方は、この世界を救いますか？』

その時――目の前に、半透明のウインドウが出現した。

思わず目を見開く。

それは、ダイアログメッセージであるようだった。

これまでの演出とは対照的な、無機質とも思える問いが、簡潔に表示されている。

『魔王城をクリアし、今の世界をリセットしますか？　はい／いいえ』


「えっと、これって……あれですよね？」

沈黙の中、ココルがぽつりと言った。

「寓言書廊の、セイレーンの時みたいな」

「……そうみたいね。要するに、モンスターを倒した後の処理を選ばせてくれるってことなんじゃないかしら」

「なーんだそういうやつかー。身構えて損したよ」

そう言って、テトが気を抜いたようにナイフを仕舞う。

「でさ……これ、どういう意味だろ？」

テトがウインドウに表示されたメッセージを凝視しながら言う。

「魔王城をクリア、まではわかるけど……」

「……リセット、という言葉は聞いたことがないな」

響きからするに、ダンジョン関連の用語である気がする。

だが、これまでに読んだテキストや聞いた話の中に、こんな単語が出てきたことはなかった。

「わたしも知らないです。でも……今の世界を、って言ってるくらいですから、救済とかそういう意味なんじゃないでしょうか？　流れ的に」

「まさか、明らかにダンジョン関連の言葉よ？　そんな意味の用語があるとは思えないわ。それにダイアログって普通、冒険者の意思や利害に関係することを訊いてくるものじゃない？　世界を救うなんて、この場限りの演出なのだし……」

「でもそれなら、今の世界を～って言葉が入ってくること自体おかしいよ。やっぱりこれ、演出関係の質問なんじゃないの？」

　皆で話し合うが、答えは一向に出なかった。

　質問の核になる単語を知らないのだから、無理もない。

「あー、もどかしいですね！」

　ココルが頭を抱えながら言う。

「確かダイアログって、しばらく放っておくと消えちゃうんですよね……？　もうそろそろ、答えた方がよくないですか？」

「そうね……重要なダイアログだと、消えてもまた出てくるとは聞くけど……」

「そうなると、もしかしてあの女神がゆーっくり降りてくる演出、また見なきゃいけなくなる!?　だるっ！　もう選んじゃおうよ、アルヴィン」

「そうだなぁ。このまま悩んでいても、答えは出なそうだしな」

　俺は同意する。

気分的にも、いい加減に決めてしまいたくなってきていた。

「今選ぶとしたら……一択ですよね」

「そうね。この状況なら、だいたいの冒険者が同じ選択をするんじゃないかしら」

「というわけで、頼んだよーアルヴィン！」

「ああ、わかったわかった」

俺は苦笑とともにうなずく。

やっぱり皆、同じことを考えていたようだった。

ダンジョンのクリアは、冒険者の目標の一つだ。

それに報酬はないと言われていたが、クリアすればレアアイテムの一つでももらえるかもしれない。

俺は、ダイアログウインドウへと手を伸ばす。

＊＊

「……なんじゃや、ダイアログを出すための演出じゃったか」

ゴルグが拍子抜けしたように言い、ハンマーを下ろした。

俺も、思わず溜息をついてしまう。

連戦だったらどうしようかと思った。

「いい記念になったのぉ、ヒューゴ」

ゴルグが、太い笑みとともに言う。

「難関ダンジョンをクリアして解散なんざ、このパーティーの散り方としては上々じゃろう。自慢話にできるわい」

「そうね～。わたしも機会があったら、生徒に話してあげたいわ～。先生は昔、すごいパーティーで冒険者をしていたんですって」

ライザは穏やかな顔で言う。

「それに……レダンへの、いい餞《はなむけ》にもなるものね～」

「ふん、いらん気遣いだ」

レダンは鼻を鳴らし、愛想の欠片もない口調で付け加える。

「……だが、悪くはない」

「……」

ピケだけは、無言でうつむいたままだった。

「……」

俺は、ただ黙って仲間たちの顔を見回す。

こいつらの言う通りだ。

力を合わせてドラゴンを倒し、難関ダンジョンをクリアして解散。冒険者パーティーとしては、これ以上ないほど華々しい終わり方だ。

『星狩』の最後としては、上等すぎるくらいだろう。

「……ああ」

俺は小さくうなずき、女神に向き直った。

そして、ダイアログウインドウへと手を伸ばしていく――――……

＊＊

指先が、半透明のウインドウに表示されたボタンに触れた。

『いいえ』のボタンに。

微かな感触とともにボタンが押下されると、ほどなくしてウインドウが消え去った。

俺は振り返り、仲間たちへとうなずいてみせる。

「こういうことだよな」

皆も、同じくうんうんとうなずいていた。

「当然です！　クリアなんてするわけありませんよ！」

ココルがうなずきながら言う。

「だってまだ、正規ルートを見てないですからね！　クリアするならそっちも奥まで進んでからです！」

「リセットの意味を調べて、出直してくるっていうのもありね」

メリナもうなずきながら言う。

「クリアはその後でも遅くないわ」

「ろくな報酬もないまま終わるなんて悔しいしね」

テトもうなずきながら言う。

「せめて、ここまでのマッピング情報を売るでもしないと納得できないよ！」

「うんうん、そうだよな」

俺もうなずく。

多くの冒険者が、きっと同じような感覚を持っているはずだ。

――――中途半端なままでは、冒険は終われない、と。

「あ、でも……これだと世界、救われなくなっちゃいますよね」

苦笑しながら言うココルに、俺も釣られて笑ってしまう。

「確かにな。でも……いいじゃないか」

言いながら、女神へと向き直る。

「嫌なことばかりな世界でも――――がんばり続ければ、意外といいことだって起こるもんだしな」

腐ったまま冒険者を続けているうちに、幸運にもいい仲間と巡り会い、それまでの努力が実ってドラゴンまで倒せてしまったように。

絶望に満ちた世界にも、きっと何かしらの希望はあることだろう。

『――――選択を受諾しました』

その時、女神がわずかに口を開いて、そんな言葉を響かせた。

『この度《たび》の世界には、どうやらまだ希望が残されているようですね』

それから、その光を放つ体が徐々に上へと昇っていく。

『以上をもって、十二度目の魔王城イベントを終了します。次回のイベント発生は、システム時間において一五〇〇〇〇〇〇〇〇秒後となります』

俺たちが首をかしげながら聞く中、テトがメリナに訊ねる。

「十五億秒、ってどれくらい？」

「ええと……だいたい五十年弱ってところかしら？」

もはや見上げる高さに浮かんだ女神が、そのとき小さく笑った。

『よりよく生きなさい、箱庭の子らよ。この度の世界は、どうか長く続きますように――』

天井に、光が満ちた。

暗闇が、一面の白に塗りつぶされる。

それだけではない。凍り付いた湖面が、その周囲の岩肌が、目の前の空気すらも、白い光へと変わっていく。

やがて――、

＊＊

俺は――『いいえ』を押していた。

「……なんてな」

ぽかんとする仲間たちを振り返る。

そして、誤魔化すような笑みとともに告げる。

「悪ぃな、お前ら。俺は……俺だけは、まだ冒険者を続けるよ」

自分の掌《てのひら》を見る。

そこにはまだ微かに、〝強撃〟を放ったときの感覚が残っていた。

「使えるスキルのない俺は、どれだけ努力したところで、この辺りのレベルが限界かと思ってた。だが……まだ先があったんだ。今の、この先が」

【残心】は、単純なようで奥深いスキルだ。少し考えただけでも、様々な使い道が思い浮かぶ。攻撃後の隙を消すことはもちろん、先ほどのように盾職《タンク》代わりにだってなれるだろう。味方の大魔法だって喰らわなくなる。溶岩の地形ダメージも受けないし、毒沼などを踏んでも状態異常にならない。《無敵状態》というバフには、それだけの可能性が詰まっている。

「だから――クリアなんてしてられねぇよ。ようやく冒険者がおもしろくなってきたんだ。この変なダンジョンだって、中途半端には終われねぇ」

女神が後ろで何かを喋っている。

だがもはや、そんなことはどうでもよかった。

「俺は冒険者を続ける。お前ら以外の連中と組んででも……いやたとえ一人だって、冒険者を続けてやるよ。技術《スキル》を極めて、体が動かなくなるまで冒険者を続けて、引退したら弟子に俺のすべてを伝える。それが俺にとっての〝次〟だ」

自分の中で、ようやく答えが出たという確信があった。

笑って続ける。

「だから、悪ぃな。残念ながらお前らには、自慢話も餞《はなむけ》もくれてやれねぇ。ま、ここは最後のリーダー特権ってことで許してくれ」

「ふっ……やはり、オレの予想通りだったな」

レダンが鼻を鳴らして言う。

その口元には、わずかな笑みが浮かんでいた。

「冒険者をやる以外には、能のない貴様のことだ。最後にはそう言うと思っていた。……せいぜい死ぬなよ、ヒューゴ」

「おう、てめぇもな！　狩人の方が危ねぇんだから、さっさとくたばるんじゃねぇぞ」

「……元気でね～、ヒューゴ」

ライザもまた、穏やかな笑みとともに言う。

「あなたなら、きっとできると思うわ～。ずっと、応援してるから」

「ありがとよ。お前も神学校で達者にやれよな。もう金は貸してやれねぇんだから、賭けも無駄遣いもほどほどにしとけ」

「儂との縁は、残念ながらまだ続きそうじゃのぉ。ヒューゴ」

ゴルグが、にやりと笑って言う。

「武器ならなんでも売りに来い。お前さんに売りつける商品を用意して待っとるぞ」

「頼むぜゴルグ。店ができたら冷やかしに行くからな」

「ヒューゴ……」

ピケだけは、笑っていなかった。

俺の名前を呼んだきり、泣きそうな顔でうつむいてしまう。

俺は魔導士のフードの上から、その小さな頭に手を乗せる。

「よお、ピケ。お前もがんばれよ」

「……」

「朝ちゃんと自分で起きて、飯も食うんだぞ」

「……うん」

「親にもあんま心配かけんなよ」

「……うん」

「学園にもちゃんと通って、できれば友達も作っとけ。お前なら勉強は心配ないだろうからな」

「……うん」

「よし。なら大丈夫だ」

十一度目の魔王城イベントを終了します、という女神の声が響いている。

演出が続く中、俺はピケの頭を乱暴に撫でる。

「じゃあな、ピケ。帰ってからも元気でやれよ」

「……うん」

ピケは泣き出しそうな声で……それでも顔を上げ、笑って言った。

「バイバイ、ヒューゴ……私、ぜったい忘れないから」

その時、天井に光が満ちた。

暗闇が、一面の白に塗りつぶされる。

それだけではない。凍り付いた湖面が、その周囲の岩肌が、目の前の空気すらも、白い光へと変わっていく。

やがて、視界のすべてが白に覆われてしまう。

その後には――――何も残っていなかった。

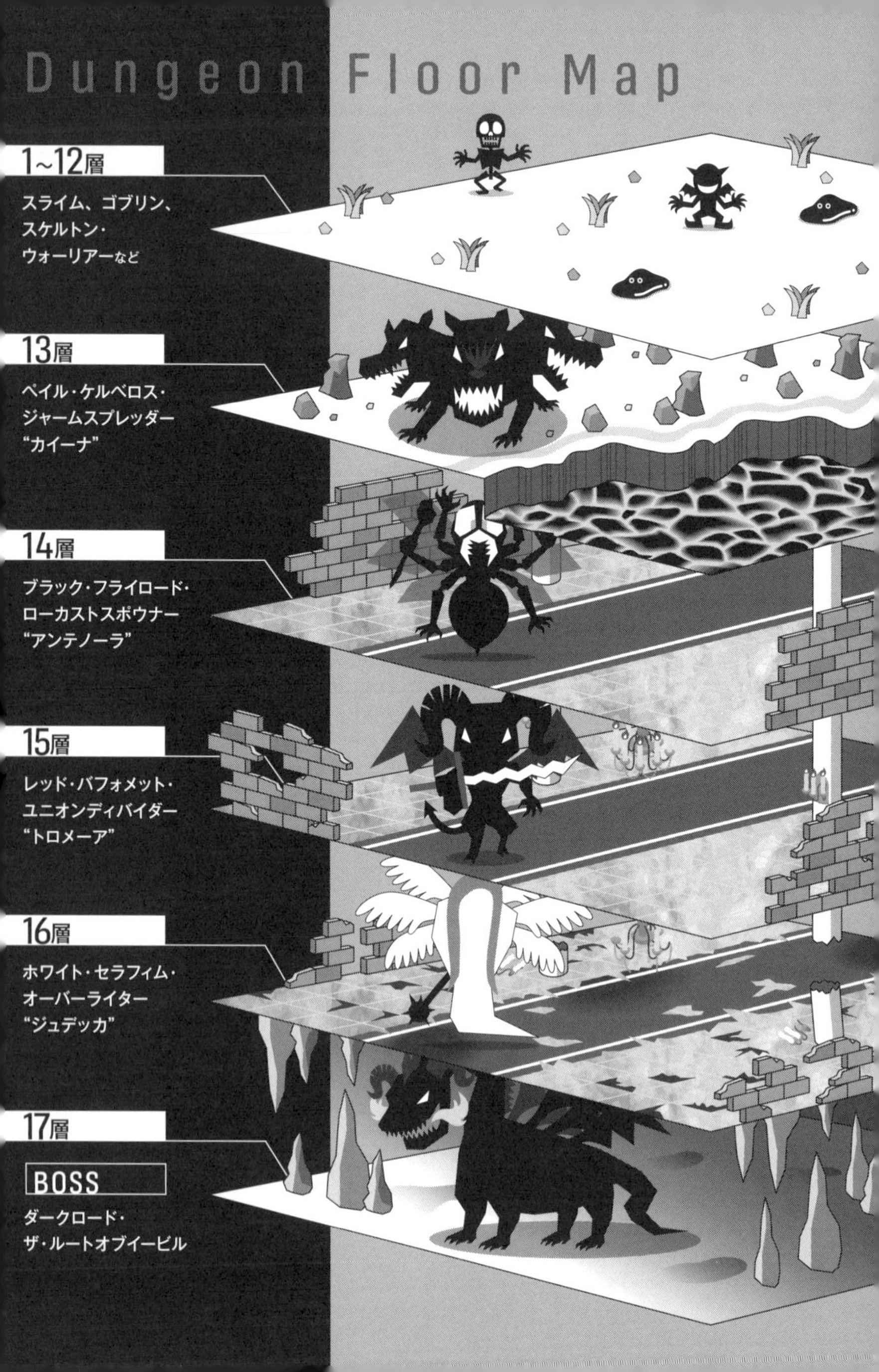
Dungeon Floor Map
1~12層
スライム、ゴブリン、
スケルトン・
ウォーリアーなど
13層
ペイル・ケルベロス・
ジャームスプレッダー
“カイーナ”
14層
ブラック・フライロード・
ローカストスポウナー
“アンテノーラ”
15層
レッド・バフォメット・
ユニオンディバイダー
“トロメーア”
16層
ホワイト・セラフィム・
オーバーライター
“ジュデッカ”
17層
BOSS
ダークロード・
ザ・ルートオブイービル

エピローグ

Epilogue

それから数日後、馴染みの酒場にて。

「オレたちだ！」

「いいえ、私たちのパーティーです！」

シェイドとフォスが、もはや恒例となった言い争いをしていた。

最初は愉快そうに囃《はや》し立てていた冒険者たちも、最近はすっかり飽きて無視している。

「まーたやってるよ、あの二人」

テーブルに顎を乗せ、テトが呆れたように言う。

「飽きないねぇ」

「一応、競争だったわけだしね」

焙煎茶の杯を傾けながら、メリナが言う。

「意地になってるんじゃないの？　あの二人以外はもう誰も、『青嵐』と『熾天座』のパーティーメンバーでさえ興味なくしてるでしょうけど」

「まあまあ。わたしは気になりますよ」

少し笑って、ココルが言う。

「いったいどっちのパーティーが魔王城をクリアしたんでしょうか？」

あの後。

ボス部屋全体が光に包まれたかと思えば、俺たちは気づくと魔王城の外に立っていた。

周りには、シェイドやフォスや他の冒険者たちの姿もあって――――魔王城の入り口は消え、ただの岩肌に変わっていた。

それは典型的な、ダンジョン消滅時に起こる現象だった。

それから話を聞くと、どうやら『青嵐』と『熾天座』が、ほとんど同じタイミングでボスらしきモンスターを倒していたというのだ。

二人のパーティーは正規のルートを進み、その先にあった分かれ道で異なる側を選び、そこから進んだ先でボス部屋へとたどり着いたのだという。

いずれも自分たちの倒した方が真のボスだったと主張していたが、話を聞く限りでは判断がつかなかった。

演出もそれらしく、ドロップアイテムも豪華で、表示されたモンスター名のデザインも確かにボスモンスターのものだったとか。

だからこそ、今になるまで決着がついていないのだ。

「どっちだろうなぁ」

俺はぼんやりと呟く。

結局俺たちは、ドラゴンを倒したことは誰にも言わなかった。

ドラゴンと言えばボス以外にありえないので、シェイドとフォスの言い争いに加わるみたいで気が引けたというのもあるが……なんだか、あれが本当に起こったことなのか自信がなくなってきたのだ。

討伐ログはダンジョンから出れば消えてしまうし、ドロップアイテムもない。経験値ももらえなかったせいで、レベルも上がっていない。

ドラゴンを倒した証は、思えば何もないのだ。

あの溶岩の一本道のことを一応シェイドとフォスに聞いてみたが、競争していたためかあっという間に通り抜けてしまったらしく、ケルベロスも遭難した冒険者も見なかったと言っていた。

ますます、全部幻だったんじゃないかと思えてくる。

「……結局、なんだったんだろーね。あのダンジョン」

テトがおもむろに口を開く。

「アルヴィンさ。魔王城のテキスト、本当に参ってるやつならもしかすると信じちゃうかもーって言ってたじゃん？」

「ん？　ああ」

「もし世界が大変な状況になって、あれを真に受ける冒険者たちがいたとしてさ」

テトは続ける。

「きっとそういうやつらは、四天王がアイテムを落とさなくても、この先報酬はありませんなんてダイアログが出ても、関係なく進んでいくと思うんだ。世界を本気で救おうとしているんだから」

「……」

「そんで魔王も倒して、あの女神が出すダイアログを見るとするでしょ」

テトが思い出すようにしながら言う。

「だいたいの冒険者は、あの状況なら『いいえ』を選ぶと思うけど……そいつらはきっと『はい』を選ぶよね。世界を救うために魔王を倒したんだもん」

「……」

「もしもさ。もしも、ボクらもそっちを選んでたら……いったいどうなってたんだろ」

と、そこで、テトが突然頭を抱えた。

「ひょっとすると……すごいアイテムが手に入ったりしたのかなぁー」

その言葉に、俺たち全員が苦笑した。

「さすがにないですって、テトさん」

「ダイアログで報酬はないってはっきり念押しされてたじゃない」

「そんなのわかんないじゃん！　『いいえ』の方が何もなかったんだから、『はい』ならなんかもらえてておかしくなくない!?」

「まあ、絶対なかったとは言い切れないな」

ダンジョンは、クリアしてしまえばそれまでだ。

隠された宝箱も、倒していないモンスターのドロップアイテムも、壮大な演出も、すべてが失われ、二度と元には戻らない。

中途半端に終わってしまえば、こんなもしもの後悔は尽きない。

ダンジョンのクリアは冒険者の目標の一つだが、それはただボスを倒すことだけを意味しない。

ダンジョンのすべてを知ってこそクリアなのだ。

だからこそ、冒険者はあの状況なら『いいえ』を選ぶ。

あれからいろいろと調べてみたが、結局リセットの意味もわからずじまいだった。

『はい』を選んでいたらどうなっていたか、俺も気になるが……それがわかる時は永遠に訪れないだろう。

「あれ、みなさん！」

ふとその時、知っている声が聞こえた。

顔を向けると、酒場の入り口付近に、弓手の少女ユーリが立っている。

「偶然ッスね～」

言い争いをするシェイドとフォスの横を普通にすり抜け、俺たちのテーブルに歩み寄る。

「ユーリじゃない。今日はどうしたの？」

メリナが訊ねると、ユーリは笑顔で答える。

「パーティーメンバーと待ち合わせッス！　といってもまだだいぶ時間あるんスけど、やることなくて先に来ちゃいました。最近は店長も腰の調子がよくて、店番もあんまり頼まれないんで」

「腰か……。俺も今から、少しは気をつけた方がいいのかもな……」

「な、なんかいきなりじじ臭いッスねー、アルヴィンせんぱい」

遠い目で呟いた俺に、ユーリが若干戸惑ったように言う。

「大丈夫ッスよ！　店長は若い頃ハンマー担いでて、腰はそのせいなんだって言ってたんで。現にウチのじいちゃんは、死ぬ寸前までピンピンしてたッス！」

「いや、だが……実は俺の剣の師匠だったじいさんも、腰が腰がってよく言ってたんだよな……。だから、きっとダメだ」

「そ、そんな悲愴感出すことあります？　さすがにまだ早いですってアルヴィンさん！」

ココルがあわてて励ますように言う。

確かにその通りだったが、最近は少しずつ冒険者を引退した後のことを意識するようになったせいか、どうしても年をとった時のことを考えてしまう。

腰は心配だが……じいさんに倣《なら》って弟子をとるというのも、悪くないかもしれない。

「あ、そういえば」

ユーリがちらとシェイドとフォスの方に目を向けると、話題を変えるように言う。

「せんぱいたちも潜ったんッスよね？　魔王城。どうだったッスか？」

「んー？　ドラゴン倒したよ」

「えーっ!?　すごいッス！　さすがせんぱい方！」

テトがさらりと言うと、ユーリは一瞬で信じていた。

俺はなんだか拍子抜けしてしまう。

「せんぱい方ならそれくらいやるって信じてたッスよ！　それで、どんなアイテム落ちたんスか!?」

「なんにも落ちなかったよ。そういうダンジョンだったんだ……」

「え、なんスかそれ……？　そんなダンジョンあります？　せんぱい方、ほんとにドラゴン倒したんスか……？」

「信じてもらえたかと思ったら一瞬で疑われました！」

ココルがショックを受けたように言うが、ユーリはますます疑わしそうな顔になる。

「というか、ドラゴンって言ったらボスッスよね。じゃあ本当は、魔王城をクリアしたのはせんぱい方だったたってことッスか？」

俺たちは顔を見合わせると、全員で口々に答える。

「いや、それはないな」

「さすがに違います」

「いくらなんでも、ね」

「『いいえ』を選んだのにクリアしたことになってたら、理不尽なんてもんじゃないよ」

「うーん？　よくわかんないッスけど……じゃあせんぱい方がクリアしたわけではないってことッスか」

　ユーリが眉をひそめる。

「なんだか怪しいッスねー……。せんぱい方、ウチのことからかってません？」

「いやいや、本当に倒したんだって」

「なんか証拠ないんスか、証拠」

「証拠かー……」

　テトが言いながら、ステータス画面を開いた。

　釣られて、俺も開く。

　報酬がなかった以上、証拠なんてあるわけもないのだが。

　ストレージのアイテム一覧などを開きながら、俺は適当に言う。

「とりあえず、アイテムはすごく減ったぞ」

「それ証拠って言うんスか？　っていうか嫌ッスねー、苦労してドラゴン倒してアイテム減っただけって」

「おいユーリ、あんま言うなよなー。ボクだってちょっと凹んでるんだから。ダンジョンが消滅して、マッピング情報も結局売れなかったし……」

「うーん……証拠と言えるものは、やっぱりなさそうだ」

俺はユーリにそう答えつつも、諦め悪くステータス画面を捲《めく》っていた。

空っぽの討伐ログをあらためて確認し、それからスキルや職種《ジョブ》のページに戻る。

「……あっ!!」

俺は思わず声を上げた。

全員の視線がこちらを向く。

「転職ツリーに……新しい職種《ジョブ》が出てる。だが、これは……」

「え、なんですか？」

「珍しいものなの？」

「見せて見せて」

全員が寄ってきて、俺のステータス画面を覗き込む。

ココルが呟いた。

「勇者……ですか？」

勇者。

侍や魔剣士などが並ぶ俺の転職ツリーに新たに追加されていたのは、そんな名前の職種《ジョブ》だった。

剣士からの派生職の一つ、という位置づけのようだ。

冒険者には、剣士や魔導士といった基礎職の他に派生職というものがあり、転職可能な職種《ジョブ》についてはステータス画面に表示される。

　これが、いわゆる転職ツリーだ。ダンジョンの外にいる限り好きなタイミングで、自分の職種《ジョブ》を派生職もしくは他の基礎職に変更できる。

　転職ツリーに派生職が表示される条件は様々だが、その多くは解明されていない。ただほとんどの場合、ダンジョンでの行動や成果が関係すると言われている。

　直近で行ったダンジョンといえば、魔王城だ。

　ならばあそこでの功績によって、この職種《ジョブ》が解放されたということだろうか……。

「うーん、わたしの転職ツリーには変化ないみたいです」

「私もね」

「ボクもー。じゃあアルヴィンだけかー」

「……」

　俺は、あらためて自分の転職ツリーに表示された、その不思議な職種《ジョブ》へと目を戻す。

「勇者、か。聞いたことのない職種《ジョブ》だな。……いや、待てよ……」

　何か、記憶の中に引っかかるものがあった。

　確かに聞き覚えはない。これまで知り合った冒険者の中にも、こんな職種《ジョブ》だった者はいない。

　だが、どこかで見たような……。

「……あっ、そうだ」

俺は思い出す。

「剣の師匠だったじいさんの転職ツリーに、確かこの職種《ジョブ》があった」

じいさんのステータス画面を見たことは、何度かあった。

職種《ジョブ》の解説をされたことはなかったのだが、微かに記憶に残っている。

ふと横を見ると、ココルが難しい顔をしていた。

「何か、何か思い出せそうです……勇者、勇者……」

「ど、どうした？」

「あーっ、そうでした！　校長先生です！」

突然、ココルが叫ぶ。

「神学校の校長先生から聞いたことがあるんです。勇者って職種《ジョブ》があること」

「え、校長先生……？　冒険者だったのか？」

「はい。だからすごく意外で、印象に残ってたんですよね……。ちなみにその人は聖女職だったんですけど、学校でも聖女みたいないい人でした。冒険者時代も、きっとパーティーメンバーから頼りにされてたんでしょうねぇ……」

「……あの、すごい偶然なのだけど」

メリナが恐る恐るといった調子で言う。

「私も聞いたことあるのよ、勇者の職種《ジョブ》のこと。……しかも、学園長から」

「学園長って、魔法学園のか？」

「ええ。嘘みたいでしょ？　少し変わった人なのだけど、昔短い間、冒険者の魔導士をやってたみたいで……。聞いたのは、何かのスピーチの時だったかしら？」

「へぇー、じゃあ三人とも知ってたんだ」

　テトが少し意外そうに言う。

「実はボクも知ってたんだよね。なんか前に、店長が話してた気がする。あんまりよく覚えてないけど」

「ウチも聞いたことあったッス。じいちゃんが昔、冒険者にはそういう職種《ジョブ》もあるんだってちらっと言ってたッスよ。友達の冒険者が、転職ツリーに持ってたとかで」

　俺たちは、全員で顔を見合わせる。

　それから口々に言った。

「意外と珍しくない職種《ジョブ》なのかもな」

「きっとそうなんでしょうね」

「これだけいろんな人が知っているんだものね」

「探せば勇者職の冒険者もいるのかなー」

「で、それってどういう職種《ジョブ》なんスか？　アルヴィンせんぱい」

「ええと、待てよ……」

ステータス画面で勇者の職種《ジョブ》名を選択し、その特性やパラメーターの伸び率を確認する。

「あー……なるほど。おもしろいな」

俺は呟く。

「万能型の職種《ジョブ》みたいだ。パラメーターはすべてがバランスよく伸びて、しかも攻撃魔法も回復魔法もすべて使えるらしい」

その気になれば、どんな役割もこなすことができるだろう。ソロにも向いていそうだ。

「へぇー、確かにおもしろそうですね」

ココルが興味深げに言う。

「どうします？　アルヴィンさん。転職してみますか？」

「……」

俺は無言のまま、もう一度勇者職の情報に視線を落とす。

しばらくそれを眺め、それから何もせずにステータス画面を閉じた。

わずかな笑みとともに、首を横に振る。

「いや。俺は剣士のままでいいよ。結局器用貧乏になりそうだしな」

パラメーターすべてがバランスよく伸びるということは、苦手がない代わりに得意もないステータスになるということだ。

そういう冒険者は、パーティーの中で役割を持ちにくい。

俺はもう、ソロ向きのステータスなど持つ必要はないのだ。

俺の苦手は、仲間が補ってくれるのだから。

「あー、くだらねぇ！　お前と話してても時間の無駄だ！」

「それはこちらの台詞です。これ以上食ってかかるのはやめてもらいたいものですね」

その時、シェイドとフォスが言い争いをしながら、なぜかこちらの方へと近づいてきた。

二人は俺たちのテーブルの前で立ち止まると、呆気にとられる俺の目の前で、手をバンッと天板に叩きつける。

「アルヴィンっ！　今度餓狼閣《がろうかく》のボスを倒しに行こうぜ！　こんなやつなんて目じゃねぇ、オレの『青嵐』こそが最強だって証明してやるよ！」

「アルヴィン。こんな男の戯れ言など無視し、共に翡翠水牢《ひすいすいろう》の攻略に向かいましょう。私の『熾天座』こそが最強だと証明してみせます」

女性陣から冷ややかな視線を浴びながらも言い切る二人。

俺はなんだかふと、訊いてみたくなった。

「……なあ、二人はどうして今も冒険者を続けてるんだ？　引退することだってできるだろうに」

シェイドとフォスは一瞬ぽかんとするも、当然のように答える。

「そんなもん決まってんじゃねーか。面白いからだよ、冒険が」

「まだ誰も知らないダンジョンへ潜り、宝を求めて強敵に挑む。危険はあっても心躍ります。多かれ少なかれ、冒険者たちは同じ思いを抱いているのではないでしょうか」

「……そうか」

俺は小さく笑う。

どこか、ほっとした気分になった。

そんな理由でも、冒険者を続けていいのだろう。

「お、気が乗ってきたか？」

「試しに一度でもかまいません。どうでしょう、私たちとダンジョン攻略へ」

「あー、いや」

二人には申し訳なく思いながらも、俺は言う。

「悪いが……俺はやっぱり、どこにも移籍するつもりはないんだ。ずっと『暁』で冒険を続けていくよ。だって――」

そして、確信とともに告げた。

「――俺にとっては、このパーティーこそが最強だからな」

Extra episode

書き下ろし『追章』

ギルドからほど近い大通り、その一角に位置するとある武器屋にて。

客である一人の青年が、店内に陳列された商品を、難しい表情をしながら眺めていた。

目を向けるのは剣ばかり。冒険者でも剣士の職種《ジョブ》であるようだったが、まだ駆け出しなのか装備は貧弱で、眺めているのも低レベル向けの安い品が中心だった。

やがて青年が意を決したように、木箱に十数本まとめて入れられていた剣のうちの一本を手に取る。

「よし……！　おいじいさん、こいつを売ってくれよ！」

青年はそう言いながら、意気込んで店のカウンターを振り返る。

カウンターの向こうには、一人の老人がいた。

老いてはいるが、上背があってがっしりとした体格をしている。白い髭を生やした顔は厳めしく、不機嫌そうな表情も相まって頑固な印象を受ける老人だった。

「バカもんが」

老人が、その見た目に似つかわしい声で、見た目に似つかわしいことを言った。

「振りもせず剣を選ぶやつがあるか」

「え……？」

「ステータスと値段だけで選ぶなと言っておる」

老人が愛想の欠片もない口調で言う。

「数値がいい武器でも、使ってみれば違和感があることもある。ダンジョンではSTR《筋力》値が反映される分軽く感じるようにはなるじゃろうが、違和感はまず消えん。自分に合わん武器で冒険に行くつもりか？」

「え、で、でも……」

「裏で振ってこんか」

そう言って、老人が店の奥を顎でしゃくる。

「お前さんが迷っていた剣を全部持っていけ。どれかは合うじゃろう」

「そ……そうか。それじゃあ、これと、これと……」

「試し斬り用の藁束《わらたば》を斬っても構わんぞ。追加料金をもらうがのぉ」

「いや、それは……やめとく。金ないし」

数本の剣を抱えた青年が、そそくさと店の奥に続く廊下に向かおうとする。

そして、老人のいるカウンターの横を抜けようとしたとき……ふと足を止め、店内を振り返った。

「なあ、じいさん……あの剣も、振ってみていいのか？」

青年が目を向けたのは、壁の高い位置に掛けられた、一本の剣だった。

輝くような銀色をした、太くも細くもない剣。形状こそありふれているが、細部の造形は繊細で、ところどころに各種付与属性を示す虹の彩りが添えられている。

おそらくは、最上級クラスの武器だろう。値札こそ付いていないものの、それが今の自分では到底手の届かない高価な品であることは、青年にも察しがついた。

「いや、買えるわけねぇんだけどさあんなの。でも、いつかはああいうの使ってみてぇなあと思って……。おれが有名になって大金稼げるようになったら絶対買いに来るから、ダメか？」

「……悪いが、貸せんな。あれはウチの看板じゃ。売り物ではない」

「ああ、なんだ。やっぱりそうだったんだな」

どこか予想はしていたのか、青年が納得したように言った。

「そんなにすげぇ剣なのか？　あれ」

「おう」

老人がぶっきらぼうに答える。

しかしその口元には――昔を懐かしむような、微かな笑みが浮かんでいた。

「なんと言っても、勇者の剣じゃからのぉ」

＊＊

「あの、校長先生！」

とある街の、神学校にて。

小柄な女生徒が、廊下で一人の老女を呼び止めていた。

「あら。どうしましたか？　サラさん」

　校長先生と呼ばれた老女が振り返る。

　背の高い、たおやかな仕草の老女だった。糸目の顔には優しげな微笑が浮かんでいる。

「先生。あの、実は……」

　老女に見つめられた女生徒が、ためらいがちに言う。

「……私、学校をやめて冒険者になろうと思うんです」

「まあ」

　糸目の老女が、驚いたように言う。

「どうして？　学校、嫌いになっちゃったのかしら」

「違うんです」

　女生徒が首を横に振る。

「その……実は、前から冒険者に興味があって」

「あら」

「神学校に入学したのも、本当は治癒魔法の呪文を習えるからだったんです。両親も元冒険者だったので、賛成してくれて……」

　女生徒が恥ずかしそうに言う。

「十七歳になったら冒険に出るって、決めてました。だから、春になったら……大きなギルドのある街に行こうかと思います」

「そうだったの」

糸目の老女が、穏やかに言う。

「珍しいのね〜。この学校に入って冒険者になろうという子は、あまりいないのだけど……でも思えば、数年に一人は必ずいるのよね〜。大変だと思うけれど、先生も応援しています。四年前に、家の都合で学校をやめて冒険者になった子は、今はすごいパーティーに入って活躍してるって聞いたわ。サラさんは成績もいいから、がんばればきっと成功できると思う」

「はい。あの、それで先生！」

女生徒が、ぐいと身を乗り出して言う。

「先生も、昔冒険者だったって聞きました。しかも聖女なんて、難しい職種《ジョブ》をしてたって。だから、その……冒険者として成功するコツとか、気をつけた方がいいこととか、なんでもいいので教えてくれませんか？　私、誰よりも強くなりたいんです！」

「う〜ん、そうね〜……」

老女が、少し困ったように頬に手を当てる。

「細かなことは、伝えきれないくらいあるわ。回復職《ヒーラー》は位置取りが大事だとか、賭け事はほどほどにした方がいいとか……。でも本当に大事なのは、二つ」

「二つ……ですか？」

「ええ」

老女は、微笑みとともにうなずいて言う。

「一つは、努力して仲間に頼られる実力をつけること。もう一つは……頼れる仲間を、見つけることです」

やや恥ずかしそうに、老女は続ける。

「先生、若い頃はぜんぜんダメで、冒険者としても長い間うまくいっていなかったの。最後に入ったパーティーの仲間たちがいなかったら、きっともっと早くに冒険者をやめていたと思うわ～」

「えっ、先生が……？　信じられないです。本当ですか？」

「本当よ」

老女が、窓の外に目を向ける。

そして、昔を懐かしむような声音で言った。

「みんながいたから、先生もがんばれたの」

＊＊

「あれっ、学園長先生はどこだ？」

「いないのか？　もうそろそろ時間だぞ」

「学園長先生ーっ！　どちらにいらっしゃいますかーっ!?」

とある街の魔法学園にて、城のような学舎に慌てた様子の教員たちの声が響く。

そんな中、六階のバルコニーに一人の老女が佇んでいた。

手すりに軽く手を置いて、物憂げに眼下を――学園の前庭を見下ろしている。

そこには先ほどまで、たくさんの新入生たちの姿があった。だが今はもう皆、学舎の中に入ってしまったようで、人の姿は少ない。

「……憂鬱」

小さな嘆息とともに、老女が呟く。

「今年は何を話そうかしら」

立場が立場ではあるものの、老女は元来、人前に立つことを好むような性分ではなかった。毎年数度ある催し事の機会には、生徒たちへの訓話などを求められるために、毎回こうして気が重くなる。

老女はもう一度溜息をつく。

「はあ……。でも、」

「あーっ！　やっぱりここにいた！」

その時、一人の男性教員がバルコニーに飛び込んできて、大きな声を上げた。

わずかに顔を向ける老女に、男性教員は焦る素振りを見せながら、参ったように言う。

「母さん！　早くしないと入学式始まるって！　気が重いのはわかるけども！」

困り顔の男性教員を見て、老女はやれやれといった風に答える。

「学園でその呼び方はやめてと言ってるでしょ。今行くから」

男性教員に続いて、老女はバルコニーを出る。

その時ふと、窓の外を振り返った。

学園の庭でも、街の景色でもなく——さらに遠くを見つめながら、小さく呟く。

「でも……がんばらなきゃね」

＊＊

とある小さな、辺境の村にて。

「おーい、トラス！」

山から下り、帰路に就いていた狩人の青年が、村の子供に名を呼ばれた。

青年はそちらに顔を向けると、軽く手を上げて応える。

「やあ、リオ。今日は畑の手伝いはいいのかい？」

「そんなの、もう終わったよ！　遊んで帰るとこ！」

駆け寄ってきた子供がそう答える。

少年の注意は、青年よりもその肩に担がれた数羽の鳥に向いていた。

「なあ、なあ。それ、今日の獲物か？」

「ああ。今日は三羽も獲れたから、燻製にしようかと思っているんだ」

「全部、弓で射ったのか？」

「まさか。罠にかかっていただけさ」

「なあんだ」

少年がつまらなそうに言う。

「トラス、本当にその弓、使えるのかよ。村に来てもう一年になるけど、ほとんど罠ばっかじゃん。レダンのじいさんはいっつも弓使ってたのに」

「こんなものは、使わずに済むのなら使わない方がいいんだ……真剣勝負になってしまうからね」

そう言って、青年は肩に掛けた弓を微かに揺らす。

「それに、猪は何度か射ったよ。リオの家にも肉を分けてあげたじゃないか」

「猪ねぇ……」

少年は猪肉の味をしっかりと覚えていたが、しかし未だ疑わしげな目で青年を見つめる。

「なあ、村長の家にでっかい熊の毛皮が飾ってあるだろ？　あんなのが出たら、ちゃんと戦えるのか？」

「正面からはやりたくないな。まずは罠を仕掛けて、毒餌を置いて……」

少年ががっかりしたような顔になる中、青年は続ける。

「でも、それでダメなら……覚悟はしているよ。そこからは真剣勝負だ」

「ふうん……。そういえば、レダンのじいさんも似たようなこと言ってたっけ。やるとなったらやるだけだ、って」

「……確か、亡くなった前の狩人だったかな？　そんなにすごい人だったのかい？」

「ああ。なんというかすごみがあったんだよな、あのじいさん。元冒険者で、めちゃくちゃ弓が上手かったんだぜ！」

「……へえ」

青年の認識では、冒険者はあまり弓が上手くない。

ダンジョンでは矢の軌道があらかじめ線となって空中に現れるために、技術が足りずともそれなりに扱えてしまうのだ。またステータスの数値に頼れてしまうおかげで、肉体的にも狩人には劣ることが多い。

しかし、村の少年にこうまで言わせるということは、それだけの何かがその老人にはあったのだろうと青年は思った。

「ユーリねえちゃんも弓が上手かったんだけど、村を出て冒険者になっちゃったんだよなー。おれは、ユーリねえちゃんが狩人やればいいと思ってたんだけど……」

「……？　その人は？」

「あー、じいさんの孫娘だよ」

両手を頭の後ろで組みながら、少年は言う。

「すごいんだぜ。矢を空中で曲げて的に当てちゃうんだ。トラスだってそんなことできねーだろー」

「……」

矢の軌道が曲がる現象は、青年も経験したことがあった。

ただそれは、基本的には誤りとして起こるものであり、その状態で的に当てるなど普通はできない。

「……冒険者、か」

青年は微笑とともに呟く。

「スキルにさえ恵まれていれば、僕もなってみたかったな。冒険者として成功できるかどうかは、結局は生まれ持ったスキルがすべてだと言われるから……。そのユーリという子は、いいスキルを持っていたのかい？」

「さあ？　そんなの関係ねーよ。スキルなんてなかったとしても、ユーリねえちゃんはぜったいすごい冒険者になってる」

石を蹴っ飛ばしながら、少年は笑って言った。

「だって、あのじいさんの孫なんだからな！」

＊＊

また別の村にて。

一人の老人が、畑を耕していた。

髪も髭もすっかり白く、顔には深い皺《しわ》が刻まれている。しかしその胸板は未だに厚く、腕や足には若い頃から鍛え上げた筋肉が確かに残っていた。

「ふう……」

一通りの作業を終えると、老人は一息ついて顔を上げた。

その時ふと思いついたように、鍬《くわ》を持ち上げて逆さにすると、それを剣のように構える。

その様は、堂に入っていた。まるでそれこそが、老人の本来の姿であるかのように。

老人が鍬を勢いよく振りかぶる。

そして――――、

「っ！　いでででっ！」

急に腰を押さえ、鍬を捨てて膝を突いた。

こらえきれぬように、老人はそのまま、仰向けに地面に倒れてしまう。

「はあ……俺も年取ったもんだ」

老人は苦笑するようにそう言うと、陽光から目を守るように、空に手をかざした。

そして――空ではない、どこか遠くを見つめながら、口を開く。

「……アルヴィンのやつ、元気にやってんだろうな」

呟きは誰にも聞かれないまま、青空へと消えていった。

あとがき

どうもお久しぶりです。筆者の小鈴危一です。

実に二年ぶりの新刊となってしまいました。お待たせしてしまって申し訳ありません。

本作は、当初一巻で完結のつもりでした。

考えていたネタはすべて消化し、タイトルも回収。ストーリーもきりのいいところで終わっていたので、続編をどうするかはなかなか頭を悩ませる問題でした。

結局、二巻ではボスドロップの弓の譲渡先、三巻では存在だけは示唆されていたアルヴィンの師匠の過去話という、一巻にあった要素の中から拾えそうなところを拾っていく方針で書くことにしました。

苦肉の策というほどではなかったものの、話作りにあたって少々苦しかったのは事実です。二巻以降は、もはやタイトルもあんまり関係なくなっちゃいましたし。

ただ書き終えて振り返ってみると、『マイナススキル持ち四人が集まったら、なんかシナジー発揮して最強パーティーができた件』は、ここまで綴ってようやく完結だったのだという気がしています。

一巻で書き切ったと思っていたのは勘違い。続編は決して蛇足などではなく、一連のエピソードをすべて語って初めて彼らの物語を書き終えた。そんな心地です。

こうして書籍の形で、それをみなさまにお届けできたことを幸いに思います。

以降、謝辞です。

イラストレーターのしらび様。これまで毎度、私のイメージを超えるイラストを描いていただきました。最終巻で新キャラを五人も出してしまったので大変だったとは思いますが、今回もやはり期待を上回るデザインに仕上げてくださいました。表紙については全員を登場させるのはさすがに厳しいだろうと思い、特に構図の希望なども出していなかったのですが、ラフ画をいただいた時はまさに理想の構図でとても驚きました。本当にありがとうございます。

担当のS様。おかげさまで、本作を最後まで書き切ることができました。続編のご提案をいただかなければ、私自身続きを書こうとは思わなかったでしょう。シリーズを完結でき、本当に嬉しく思います。大変お世話になりました。

それから、最後まで読んでいただいたみなさま。アルヴィンたちの物語にここまでお付き合いいただき、本当にありがとうございました。

『マイナススキル持ち四人が集まったら、なんかシナジー発揮して最強パーティーができた件』はこれにて完結となります。

私はこの先も作家活動を続けていく所存ですので、また別の本の表紙に、私の名前を見つけていただけることを願っております。

それでは。

二〇二四年四月　小鈴　危一

『ヨハネの黙示録』第６章

出典：Wordproject（https://www.wordproject.org/bibles/jp/66/6.htm#0）

ありがとう
ございました!!

ついにボス戦開幕！！
単行本第③巻
好評発売中！
マイナススキル持ち
四人が集まったら、なんかシナジー発揮して
最強パーティーができた件
Synergy effect of [Minus Skill]⁴
〈原作〉小鈴危一・しらび
KOSUZU KIICHI SHIRABII
〈漫画〉太平洋海
TAIHEI HIROMI

三巻発売
おめでとう
ございます。

SQEXノベル

マイナススキル持ち四人が集まったら、なんかシナジー発揮して最強パーティーができた件 3

著者
小鈴危一
イラストレーター
しらび

2024年4月6日　初版発行

発行人
松浦克義

発行所
株式会社スクウェア・エニックス
〒160−8430
東京都新宿区新宿6−27−30　新宿イーストサイドスクエア
（お問い合わせ）スクウェア・エニックス　サポートセンター
https://sqex.to/PUB

印刷所
中央精版印刷株式会社

担当編集
齋藤芙嵯乃

装幀
百足屋ユウコ+石田隆（ムシカゴグラフィクス）

ISBN978-4-7575-8952-0　C0093　　Printed in Japan